WITHDRAWN
UTSA Libraries

P9-AGI-966

Juan Goytisolo

PAISAJES DESPUES
DE LA BATALLA

Llibres
ALEPH

C/. San Pablo, s/n.
VALENCIA-2

LLIBRES
ALEPH

Título PAISAJES DESPUES BATALLA
Autor
Editorial MONTESINOS
Distribuidor CYRA
Fecha 11-XI-82
D A N - Precio 800

WITHDRAWN
UTSA Libraries

Juan Goytisolo

PAISAJES DESPUES DE LA BATALLA

MONTESINOS

Visio Tundali / Contemporáneos

LIBRARY
The University of Texas
At San Antonio

© Juan Goytisolo, 1982
  Edición propiedad de Montesinos Editor S.A.
  Ronda de San Pedro 11, Barcelona, España.
  Cubierta de Javier Aceytuno
  sobre fotografía de Lewis Carroll
  ISBN 84-85859-54-5
  Edición al cuidado de Editorial Leega, S.A.

HECHO EN MEXICO

Ils mettaient en doute la probité des hommes, la chasteté des femmes, l'intelligence du gouvernement, le bon sens du peuple, enfin sapaient les bases.

GUSTAVE FLAUBERT
Bouvard et Pécuchet

El autor agradece a los corresponsales anónimos de Libération *su participación involuntaria en la obra; a su presunto homónimo, el remoto e invisible escritor «Juan Goytisolo», la reproducción de sus dudosas fantasías científicas aparecidas en el diario* El País; *igualmente a la DAAD de Berlín la beca que le permitió concluir la novela en Kreuzberg en una adecuada atmósfera de estímulo y tranquilidad.*

LA HECATOMBE

Hasta entonces, el mal —para llamar de alguna manera a aquel conjunto sobrecogedor de circunstancias sólo inopinado en apariencia—, se había insinuado poco a poco, por etapas, de un modo sigiloso y a primera vista inocuo, quizá con el deliberado propósito de no alarmar a los vecinos, sensibilizados, por la misma textura heteróclita del barrio, a la pérdida de su primitivo carácter familiar, casi íntimo, a causa de la penetración paulatina, la acción disgregadora y funesta de elementos abigarrados y foráneos, cuya vistosa y finalmente abrumadora presencia se iba transformando, no cabía de ello la menor duda, en una invasión en toda regla. No obstante, volviendo la mirada atrás y analizando las cosas con un enfoque retrospectivo, parecía obvio que aquella acumulación de indicios no era simple producto de la casualidad sino llevaba, por así decirlo, su propia dinámica, una dinámica todavía oculta, como ese caudal de agua enterrada que se hincha y agranda antes de aflorar súbita e impetuosamente: bastaba con remontarse al tiempo en que aparecieron los primeros signos ominosos y trazar un gráfico, un cuadro clínico, de su irresistible ascensión. Nada o casi nada al principio: algunas inscripciones en tiza, trazadas por mano cuitada y furtiva, obra probable de niños noveleros e inquietos, deseosos de hacerse notar. Único rasgo distintivo: su ininteligibilidad. Estaban compuestas en un alfabeto extraño y los viejos habitantes del barrio pasaban junto a ellas sin advertirlas, como si fueran monigotes caprichosos. Las figurillas absurdas se repetían con todo a lo largo de las paredes desconchadas y, apenas borradas por la lluvia, las porteras de los edificios vetustos o los dueños de los comercios laterales —casi todos mayoristas de pieles, jerseis y géneros de punto—, volvían a aparecer, cada vez más burlonas y llamativas: verdaderas ecuaciones algebraicas reproducidas de casa en casa con pertinacia obsesiva. La hipótesis de una banda infantil, resuelta a atraer la atención sobre sí y comunicar mediante un lenguaje secreto, gozó durante un tiempo de cierta aceptación: en los cafés, el despacho de bebidas del carbonero o los corrillos formados en la acera cuando la bondad del tiempo lo permitía, se oía lamentarse a los vecinos de la mala educación de los muchachos de hoy día, su desfachatez y falta de respeto, su manía de ensuciar las cosas. Más tarde, alguno, en una pausa de insomnio, se había asomado a tomar el fresco a la ventana a altas horas de la madrugada y había divisado una silueta inclinada sobre la parte baja de la pared del inmueble contiguo: un sujeto de pelo rizado y negro, del que no consiguió ver la cara pero que, de eso estaba seguro y podía jurarlo, no era en ningún caso de los nuestros. Había diseñado unos misteriosos mensajes y, al concluir, renovó la operación unos pasos más lejos. Así lo refirió a sus colegas el día siguiente mientras tomaban una copa de calvados, y la autoría de unos colegiales con los cascos calientes por culpa de seriales televisados o lectura de tebeos fue definitivamente descartada. Los monigotes eran cosa de los metecos que, en número creciente, se infiltraban en los edificios semiruinosos abandonados por sus antiguos moradores y ofrecían la fuerza de sus brazos a los comerciantes acomodados del Sentier. En realidad no son dibujos ni palotes, dijo uno, sino letras de ésas con las que escriben ellos y que no hay dios que entienda, todo de revés: las había visto por allá, en su tierra, y aunque no recordaba con certeza su elusiva figura, estaba seguro de que eran iguales. Los consumidores de calvados aprobaban con la cabeza: sí, son ellos, antes las escribían sólo en su país, pero ahora vienen aquí a huronear y meter el hocico, a manchar y pintarrajear las paredes como si la ciudad fuese suya, una plaga, señores, ¡debería darles vergüenza! Pero no, no tenían amor propio ni respeto ni nada: los conocía él bien, todos obtusos e impermeables, intentar su educación equivalía a perder miserablemente el tiempo. Había que averiguar el significado de sus palotes, quizás se traían algo entre manos y ellos, los nativos, sin enterarse: a lo mejor, se meten con nosotros, nos insultan y amenazan en su idioma, si no fuera así no recurrirían a ese truco para protegerse, vamos, es lo que yo me digo.

Comentarios, teorías, suposiciones reiterados día tras día mientras los mensajes, pintados con esprai grueso, cubrían los muros de las callejuelas adyacentes al bulevar, brincaban sin rebozo a éste, hacían una insolente y provocadora aparición en los bajos de la propia comisaría de policía. ¡Habráse visto, pronto seremos nosotros los extranjeros y ellos, esa catastrófica marea de negros y morenos, como Samba o Alí por su casa: el acabóse, sí señor! Lamentaciones inútiles, profecías macabras que, a fuerza de oídas, nadie tomaba en serio. El barrio estaba cambiando de fisonomía, eso era un hecho, pero no había para tanto: nada se ganaba con gemir, dramatizar las cosas. Al fin y al cabo es un problema de ellos, decía uno de los bebedores de calvados, cada cual tenía sus costumbres, si querían comunicar en su lenguaje era asunto suyo, mientras nos dejen a nosotros el nuestro qué más da? Su argumento, razonable, había convencido: los bebedores de calvados, acodados en el cinc del carbonero, asentían con melancólica resignación. Cada uno a lo suyo y Dios con todos, eso es lo que pensaba él: como dice el refrán, juntos, pero no revueltos. Por eso, aquel día, su pasmo y malestar fueron más duros cuando salió medio dormido a la calle, en busca de su trago matinal de calvados y al levantar la vista de la acera, en donde solía fijarla al caminar, a causa de las cagadas de perro, descubrió que el anuncio del bar había sido sustituido con otro pergeñado en el alfabeto extraño: حـــا ن ا يـتــيـا ل . Atónito, cerró los ojos y los volvió a abrir: la incomprensible inscripción, mol-

12

deada en caracteres luminosos, seguía en su sitio. Se preguntó entonces si el local no habría cambiado de dueño y tomó la firme decisión de desaparroquiarlo: jamás volvería a poner los pies en él. Iría, en su lugar, al de la esquina que, aunque menos íntimo y un tanto pretencioso, despachaba el alcohol al mismo precio: el Café du Gymnase. Cruzó el bulevar absorto en la digestión de su enojoso descubrimiento, sin percatarse de nada sospechoso o anormal. A pesar de lo temprano de la jornada el río de automóviles era muy denso e invadía ya, como en las horas punta, los pasos de cebra. Ganó el bordillo, justo en el momento en que el semáforo peatonal pasaba al rojo y contempló la barra siempre llena de clientes al acecho de una cara conocida. Su mirada resbaló sobre la puerta vidriera y se detuvo en la leyenda en diagonal que la atravesaba: سندويش. ¿Será posible?, dijo. Instintivamente, alzó la vista al emblema que irradiaba sobre el toldo de la terraza: مقهى جيمناس. ¡También él se había pasado al enemigo! Desamparado, sin dar crédito aún a lo que veía, se volvió a la mole familiar del gigantesco cine de la esquina: ¡el Rex había desaparecido! Bueno, desaparecido no, su masa imponente permanecía en el lugar habitual, con los anuncios de una superproducción norteamericana y la torre circular que de noche vertía cascadas de luz, ígnea como una antorcha; pero sus letras, de varios metros de altura, habían sido reemplazadas con signos de igual tamaño, hoscos e indescifrables. Los carteles murales reproducían también el título del filme y los nombres de los actores en la grafía detestada. Increíble, pero verdad: ¡todos los letreros, sin excepción alguna, habían sido cambiados, el del Madeleine-Bastille, el del club de baile, el del recién inaugurado Mc Donalds! Se le ocurrió bruscamente la loca idea de que algún emirato petrolero había adquirido sin previo aviso el conjunto del barrio. ¡Eso sí que era el colmo, colonizados por aquella gentuza!: habría que volver a la resistencia, como en la época de los alemanes. Reparó entonces en que el propio rótulo de la Rue du Faubourg Poissonnière exhibía unos garabatos odiosos: ¡la alcaldía, sí, la alcaldía, había pasado a sus manos! ¿Quién había adoptado tan estúpida y criminal decisión? ¿Se proponía hacer burla del pueblo que democráticamente lo había elegido? ¿Acaso no vivían en un país soberano? Se volvió, como un ahogado, hacia la redacción del periódico del Partido: el glorioso Partido de la clase obrera, al que daba regularmente su voto y apoyo, de cuyo mensaje se alimentaba todos los días. No, él debía continuar allí, en la brecha del combate diario, aportando su esperanza y aliento a los humildes en aquellos tiempos difíciles, sembrados de trampas. ¡L'Humanité no iba a fallarle, no podía hacerle eso! Su enseña roja, orientada al bulevar, le llenó de consternación: ¡ahora se llamaba الــسـنية! El militante bebedor de calvados sintió deseos casi irreprimibles de sollozar: su periódico, su entrañable periódico le había vendido. Se apoyó en un árbol, incapaz de sostenerse: en la esquina, un grupo de vecinos, anonadados como él, discutían acerca de lo ocurrido, manifestaban su frondoso estupor ante la catástrofe. ¿Qué mano oculta había urdido la horrible conspiración? ¿Por qué no habían sido prevenidos? ¿A quién aprovechaba aquel endemoniado desbarajuste? Numerosos automovilistas de provincias asomaban la cabeza por la ventanilla y trataban de adivinar el significado de un cartel con varias flechas indicadoras: ¡si al menos fuera bilingüe! ¿Qué coño quería decir مركز بومبيـدوا وبـرا كنكـر؟ En medio del estrépito ensordecedor de los cláxones, algunos se apeaban a interrogar humildemente al corro de individuos risueños instalado en la terraza del café: árabes, afganos o paquistaneses que, con naturalidad, casi con desparpajo, respondían a las preguntas de los analfabetos y les indicaban condescendientemente el camino. Pero el colapso del tráfico parecía inevitable: de la República a la Ópera, el bulevar era una algarabía de voces, bocinazos, insultos, protestas, chillidos. Los guardias estaban completamente desbordados y consultaban en vano el mapa con la nueva nomenclatura de las calles: no entendían ni pío. Ambulancias y coches patrulla aullaban inútiles. Volaban helicópteros sobre la hecatombe de metal y chatarra. Un chicuelo moreno, de pelo ondulado y con la boca llena de risa subastaba orgullosamente servicios de guía al apuro o urgencia del mejor postor.

UN PERSONAJE SOSPECHOSO

El autor de la tropelía —empleemos dicha palabra neutra para evitar otras más crudas— estaba en su estudio del séptimo piso del inmueble contiguo al cine limándose tranquilamente las uñas. Su habitación, es verdad, da a un patio interior, y desde la ventana se divisa únicamente una perspectiva de tejados abuhardillados, chimeneas y antenas de televisión, la cúpula verdebiliosa de la Ópera y, esfuminadas de ordinario por el neblumo o semiocultas en las nubes, las siluetas de los rascacielos de la Défense, a cuya izquierda podría distinguirse también, con sólo asomarse al antepecho y torcer ligeramente la cabeza, el perfil alastrado del Mont Valérien. La barahúnda provocada por el colapso del tráfico llegaría en cualquier caso a sus oídos sensiblemente amortiguada por la distancia: como el rumor lejano de los aviones solapados por un cielo glauco, las sirenas de alarma antincendio cuyo zurrido venía a recordarle puntualmente que eran las doce de la mañana del primer jueves del mes o el leve repique de las campanas de la iglesia del barrio que, conforme a los misterios de una liturgia aggiornada, sonaba a veces a horas intempestivas. El cercano bulevar podía ser escenario de un drama inesperado y terrible y él, instigador y causante del mismo, sentado en el sofácama, lima que lima, sumido en la contemplación egoísta de sus manos, con una indiferencia rayana a la perversidad. Había que rendirse a la evidencia: el espacio material de su desaguisado había dejado de interesarle después de la alevosa perpetración. Como si no fuera obra de él, yacía disperso, en el olvido. Había bostezado inmediatamente después, repantigado aún en la silla, atento al vuelo de unas palomas grises como la pizarra de los tejados y a los cúmulos, igualmente grises, que se cernían sobre el pastel circular de la Opera y su cupulino de apariencia comestible. La hecatombe se producía a un centenar de metros de allí, a tiro de escopeta, pero él —resistamos a la indignación que su comportamiento suscita y abstengámonos de otorgarle el epíteto que indudablemente merecería— como si nada, con la frescura cínica de una lechuga, un paseíto al baño a acariciarse los cañones de la barba ante el espejo, apretarse una espinilla en la aleta de la nariz, cortar con las tijerillas una cana que sobresale en la sien y roza el pabellón de la oreja y, desdeñando la taza del retrete, situada no obstante a dos metros de él, desabotonarse la bragueta, sacar un apéndice arrugado y pequeño, mear directamente en el lavabo: un viejo hábito contraído hace años, después del lancinante dolor causado por los cálculos renales, cuando el médico le aconsejó que controlara el color y densidad de la orina. Ahora, ésta es invariablemente blanca y fluida, como corresponde a quien bebe a diario un litro de agua mineral; con todo, él sigue aferrado a su detestable costumbre, acá y en todas partes: reserva el asiento a las obras mayores y experimenta una viciosa satisfacción en aliviar la vejiga sobre el cuenco esmaltado, coqueto e íntimo como una venera, de los hoteles de cinco estrellas. Después, omite a menudo, contra toda norma de higiene y buen gusto, lavarse las manos; se las frota tan sólo con la toalla y, mecánicamente, es casi un rito, coge la lima de las uñas. Esta vez, en lugar de pulirlas junto al espejo había vuelto a la habitación, había apartado los papeles y periódicos amontonados en el sofá-cama, tomó asiento, en una postura a todas luces inconfortable, en una esquina del mismo. De vez en cuando interrumpía su labor, la maniática contemplación de sus dedos secos y escurridos para dar una breve ojeada al escritorio cubierto de papeles, la silla con el rimero de diccionarios, las carpetas y libros alineados en los estantes, la ventana entreabierta por la que se filtraba el eco sordo de la ciudad, el concierto de gritos y claxonazos de las víctimas de aquella maligna conspiración suya: la abominable hecatombe. Como el superpatrón de la multinacional que de un plumazo decide el traslado de sus empresas y fábricas a un país rico en materias primas, de mano de obra sumisa y rendimiento máximo, dejando en la calle a docenas de miles de viejos y fieles empleados sin inquietarse un instante de su destino, así nuestro hombre. Cansado del ritornelo —la lima rozaba ya las yemas de sus dedos—, había concluido por incorporarse, ponerse el sombrero y el impermeable, garabatear unas líneas en el bloc donde apunta sus mensajes y encargos. Había buscado el manojo de llaves entre los periódicos y revistas hasta dar con él. Entonces salió al pasillo, cerró la puerta a sus espaldas y, con la hoja de papel en la que había escrito unas frases casi ilegibles, se agachó sobre la esterilla del apartamento de enfrente, en donde vive su mujer, y la deslizó bajo la entrada. Nos habíamos olvidado de decirlo: el monstruo es casado.

EL SENTIER

Como uno de esos pasteles hojaldrados en los que el repostero dispone cuidadosamente, en capas sucesivas, una masa laminar aplanada de golosinas variopintas de forma que un corte transversal de las mismas por el cuchillo del paterfamilias en el momento de su distribución entre los comensales —con unas velitas de aniversario en el centro y un vistoso baño de chocolate— produzca un efecto comparable al de los gráficos de las eras geológicas trazados en los libros de ciencias naturales en los que cada una de aquéllas integra un estrato de diferente color, desde la base precámbrica a la altura neolítica, exactamente su barrio. Con la diferencia, está claro, de que en vez de hojas superpuestas de mazapán, nata o pasta de almendras —que corresponderían, conforme al símil anteriormente trazado, a periodos tan característicos y precisos como podrían serlo por ejemplo el silúrico, el devónico o el jurásico— los componentes sedimentados del Sentier pertenecen a la denominada especie humana, más por razones de comodidad intelectual que por la justedad bien dudosa del término. Emigraciones de muy diverso signo han posado sus heces de modo paulatino a lo largo de un lapso de cinco o seis lustros, arrastradas allí, en embates bruscos, por lejanos vendavales políticos o mucho más prosaicas razones subsistenciales: éxodos masivos, cuya reiteración ha conferido al lugar de anclaje ese aspecto multicolor, abigarrado que tanto desconcierta y aflige al núcleo original de primitivos habitantes. El pastel, pues de eso se trata, de una gigantesca tarta foliada, presenta entonces, una vez hecho el corte sectorial, una serie de ingredientes sociales y étnicos propios de las heterogéneas comunidades esmeradamente dispuestas por la mano invisible del confitero. Arriba, en la costra o corteza de chocolate, los comerciantes judíos venidos ya en etapas de engañosa calma chicha, ya de impetuosa marejada a aquel escenario un tanto balzaciano de viejos, incómodos y destartalados edificios decimonónicos, desde las frías estepas del este o el luminoso cielo norafricano, dueños y señores, con el tiempo, de pequeños, pero florecientes negocios de géneros de punto, peletería o confección: asomados, si la inclemencia del tiempo no lo desaconseja, a las puertas de los almacenes de venta al por mayor, de plática con sus colegas y vecinos, aunque sin perder de vista la actividad de los oficiales ni la carga y descarga de los mozos de cuerda. Debajo de ellos, en la tongada correspondiente a la pasta de harina intermedia, portugueses y españoles, amos de las porterías o inquilinos de lóbregos y ruinosos apartamentos sin baño y con excusado común empotrado en la escalera, huéspedes de la bruma grisácea del norte gracias a una sutil estrategia de salto de rana, destinada a eludir las dificultades e injusticias de sus economías insuficientemente desarrolladas o pasados rigores de autócratas y espadones oportunamente vencidos por la edad. Después, en la porción de miel o confitura de fresas, la reciente diáspora de orillas del Bósforo: felinos de rubio y mancuernado bigote, cargados con montañas de paquetes y cartones o llevando en hombros, por parejas, la barra de un colgador con docenas de trajes y abrigos, con el mismo afán y celeridad que sus paisanos, en las callejas empinadas, de adoquines salientes, del bullicioso laberinto que se extiende de la mezquita de Mahmud Bajá a los aledaños del Bazar Egipcio. En la capa inferior —de crema o pasta de nueces, según el gusto de los clientes—, los árabes y beréberes que excavan las zanjas de obras públicas cada vez que hay cambios o averías en la red de agua o electricidad del barrio o una misteriosa modificación en el trazado de las líneas telefónicas: los componentes de los aluviones superiores los contemplan así, con visible satisfacción, humildes y agazapados, mientras tiemblan en el estrépito ensordecedor del taladro o dan enérgicamente al callo con la pala y el pico. Al fin —hemos llegado ya a la base del pastel—, los afganos, paquistaneses y bangladesís, esa masa gregaria de sujetos morenos y fantasmales que vende a diario, a bajo precio y sin contrato alguno, su fuerza de trabajo: basta con ir a ese burladero o refugio central de la Place du Caire en forma de triángulo y escoger allí al de aspecto más saludable y robusto; el agraciado con la selección sabe que la suerte le ha sonreído y empujará el carrito atestado de cajas en medio del río de los automóviles, sin hacer caso de las interjecciones ni muecas de disgusto de los peatones cuyo paso obstaculiza y con los que a menudo, absorto en sus cavilaciones y ensueños, tropieza torpemente. Coger el ascensor, bajar al vestíbulo y pulsar el botón automático de la puerta es asomarse de golpe al informe pastelón del Sentier, sacudido por el frenesí y ajetreo que precede a la calma talmúdica de los sábados: irremediable embotellamiento sonoro, camiones y furgonetas en plena descarga, recaderos metecos con bultos y carritos, la habitual estereofonía de voces, llamadas, gritos, claxonazos histéricos, riñas, algaradas. Ha empezado a formarse cola en la taquilla del Rex, pero no alcanza aún la entrada de su casa: el camino está momentáneamente libre. Sin necesidad de abrirse paso a codazos, puede dirigirse al lugar de la reciente hecatombe, responder afablemente a la inclinación de los vecinos, detenerse a hablar con ellos o estrecharles la mano. Lo de siempre: palabras corteses sobre la salud, reúma, humedad, catarro del niño, ese tiempo maldito que no quiere arreglarse. Con la expresión indefinible de quien, como él, piensa en cosas muy distintas de las evocadas en la tediosa conversación: sonriendo por lo bajo —¡oh, si supieran!— pero alzando los dedos hasta el ala del sombrero de fieltro que, calado hasta las cejas, suele gastar en invierno para evitar los resfriados. Bonjour Madame. Bonjour Monsieur. Bon-

22

jour Messieursdames. De no conocerle nos engañaría: el monstruo es, de puertas afuera, un caballero muy bien educado.

OJOS CLAROS, SERENOS

Caprichos absurdos de la memoria: en vez de dirigirse a la esquina del Café du Gymnase, al encuentro del honesto y patriota bebedor de calvados a fin de darle una palmada amistosa en el hombro y prodigarle unas frases de aliento, nuestro hombre permanece en la acera del cine, entre los postulantes al horror programado: el suelo está cubierto de pajuelas, servilletas de papel y vasos de cartón del vecino Mc Donalds, residuos del tentempié con que los sufridos espectadores engañan su espera. La policía no ha venido aún a poner un poco de orden en la babélica confusión: las barreras metálicas que permiten canalizar al incesante desfile de peatones, separando a éstos de la masa obstructiva de los cinéfilos, siguen arrinconadas. Resultado: apretujón general, caldo de cultivo perfecto a la acción combinada de rateros y magreadores. El quiosco de periódicos cercano a la taquilla emerge como un farallón asediado por los embates de aquel mare mágnum. Imposible detenerse, como suele, a contemplar los carteles anunciadores de sus revistas favoritas: «El romance de Julio Iglesias con Margaret Thatcher» o «Violada por su propio padre el día de su Primera Comunión». Mientras conversa con la sempiterna quiosquera, busca las monedas perdidas en el fondo del bolsillo y compra un diario cualquiera con noticias sobre las estrellas de cine o los resultados del tiercé, lo mismo da: la lectura ideal de Monsieur Tout le Monde. Con el empaque digno y severo que le sitúa en cualquier circunstancia por encima de toda sospecha: lo mismo en el interior neonizado de una sex-shop que junto al tobogán de un risueño parque infantil. El público de la cola está compuesto en su mayoría de gente joven, de aspecto un tanto hirsuto y desaliñado: barbas, cabellos largos recogidos en moño, guerreras sucias, vaqueros, pañuelos blanquinegros de fedayín. Todo ello sin la menor motivación para él: las sagradas familias con prole admiradora de Walt Disney serán convocadas días más tarde. Ninguna novedad a primera vista, fuera de la simétrica disposición de los rostros orientados a un punto de convergencia extraño: la otra orilla. Pero remedar su movimiento no conduce a nada: el gesto es tan inútil como el de los bobalicones que imitan al vecino absorto en la supuesta contemplación de un platillo volante. Una masa compacta de peatones, inmovilizados en el borde de la calzada impide averiguar qué ocurre al otro lado: ¿accidente, pelea, razia inesperada de la policía? ¿O uno de esos aparatosos incendios que regularmente chamuscan y destripan los viejos inmuebles del barrio y cuyos progresos él acecha en éxtasis, apostando en secreto al triunfo de las llamas? El triple, irregular edificio de la esquina no corre peligro alguno: el honesto y patriota bebedor de calvados puede respirar aliviado. Las banderas que ondean en los balcones, conmemorando alguna festividad, parecen no obstante más llamativas y numerosas que de costumbre. Más abajo, y eso sólo lo advertirá al cabo de unos instantes, un suntuoso baldaquín de paño negro, con bordaduras y entorchados, cubre, como una marquesina, la puerta del diario: ¡es un auténtico funeral! Excitado por el descubrimiento, el caballero del sombrero de fieltro se esfuerza en abrirse paso, a codazos, hasta la fila delantera con esa premura y convencimiento en el derecho que le asiste a presenciar el espectáculo desde una posición ventajosa con que el no menos grave y distinguido participante en una orgía busca un camino entre los mirones que, desnudos como él, contemplan en corro la ecuación frenética de una dama con dos garañones soberbios, aclarando, para justificar su ansiedad: «¡Déjenme ver, es mi esposa!». Por encima del hombro de un barrendero negro, apoyado en el mango de su escoba, abarca al fin la perspectiva completa de la otra acera y escucha jirones de un discurso interrumpido a trechos por la barahúnda del tráfico: la homilía fúnebre. En la pequeña tribuna instalada bajo el dosel, una cincuentena de notables, tiesos, inmóviles, acogen las rituales expresiones de amor del Poeta del Pueblo a su ninfa constante: ¡es Ella, la Gran Dama de los ojos clarividentes, cuya sonrisa calentaba el corazón de los sencillos trabajadores de Francia! ¡Los versos del bardo oficial, memorizados en todas las escuelas del país, han inmortalizado su luminosa belleza, su noble y diáfana faz de Madonna-refugio y paladín de los humildes, amiga de las causas avanzadas! Los ocupantes de la plataforma escuchan al orador con recogimiento y compunción, vestidos con la sobriedad y adustez que prescribe el momento: una doble hilera de gabanes negros, sombreros y gorros de piel respetuosamente tenidos en mano. Entre una y otra acera, los automovilistas avanzan con lentitud: a veces frenan y se detienen a mirar el baldaquín y los solemnes dignatarios del estrado, hasta que algún impaciente, asomado a la ventanilla, les obliga a arrancar a gritos, con contundentes y expresivos cortes de mangas. En el lado del Rex, los papanatas observan el panorama con indiferencia y curiosidad: ni el barrendero negro ni el modesto y bovino matrimonio portugués ni la muchacha del pelo teñido de alheña ni el seudo hippy californiano que flanquean a nuestro hombre saben quién es la Dama Roja ni el vate apasionado que la ensalza. ¿Será acaso la escena de un filme, quizás un grandioso montaje publicitario? Quienes transitaban por la acera opuesta y se han visto obligados a cruzar la calzada manifiestan su contrariedad y malhumor: ¿qué diablos significa aquel circo? ¿qué habrían inventado los concejales del distrito con tal de jeringarlos? Un hombrecillo malencarado, rechazado por el férreo servicio de orden que vigila el transcurso de la ceremonia, protesta ruidosamente, agita el puño, se abre camino entre los vehículos profiriendo amenazas. ¡Ojos claros, serenos, que de un dulce mirar sois alabados! La muchacha del pelo alheñado mordisquea un bocadillo de jamón, el matrimonio portugués bosteza de aburrimiento, el hippy parece colgado y su expresión vagarosa se abre a los misterios insondables del infinito; sólo el barrendero negro apareja el oído y sonríe a los versos: ¡L'Sa Monammú es un célebre morabito africano! Una ráfaga de viento sacude las banderas de los balcones y los personajes del estrado parecen estremecerse: uno de ellos hurga discretamente el interior de su nariz. El gran duelo que aflige al mundo de las letras importa un bledo a nuestro hombre: la cola del cine se ha puesto en movimiento y cuando da media vuelta entre el gentío, camino del estrecho pasillo central por el que circulan los peatones, dosel, tribuna, Musa y versos desaparecen bruscamente de su recuerdo. El colapso automovilístico de los viernes ha alcanzado su paroxismo: mc donalds, cookins, what a burgers multiplican su luminescente, plastificada pesadilla. No hay otra solución: ¡bajar inmediatamente al subsuelo!

¡ATENCION MORENOS!

Recién vuelto de sus maravillosas vacaciones veraniegas no coja usted el metro: lo mismo si viene de orillas del mar que de la alta montaña: bastará con que el sol haya atezado suficientemente su rostro para que pueda ser confundido, sin malicia alguna, con el de cualquier meteco: sobre todo si, a pesar de su ya lejana naturalización y sus sentimientos de patriotismo acendrado presenta unos rasgos y características pertinaces que delatan a las claras su origen modesto: cráneo ligeramente braquicéfalo, pelo recio, negro y ensortijado, pómulos salientes, labio inferior más grueso de lo que corresponde al puro ejemplar vernáculo: su cutis oscuro, curtido con la intemperie o coloreado aún, imprudentemente, con supuestas cremas solares, puede atraer entonces la atención sobre usted: convocar sin quererlo, como un imán, toda clase de azares e imponderables.

Baja usted, por ejemplo, los tramos de la escalera, avanza tranquilo por el pasillo y, cuando menos se lo espera, un grupo de agentes en uniforme le elegirán entre la masa de usuarios apresurados y le arrinconarán, con otros sospechosos, frente a un relamido y luminoso cartel anunciador que, para colmo de ironía, ensalza las bellezas turísticas de un soleado paisaje marino: ¡playas sublimes, precios miríficos, morenez barata!

Si, como suele ocurrir en esos casos, lleva usted mucha prisa y, con inoportuno malhumor o lamentable descortesía, exige explicaciones al funcionario que le sujeta cariñosamente el brazo, éste calmará al punto su impaciencia con una experta llave de karateka, que dará inopinadamente con sus huesos en tierra y le dejará apabullado.

Si todavía no comprende qué pasa y, desde tan ridícula y humillada postura, protesta contra el supuesto

28

atropello, proclama su inocencia a gritos y, lo que es más grave, se lleva torpemente la mano al bolsillo para mostrar documentos que acrediten su indiscutible condición doméstica, ese necio e impulsivo ademán corre el riesgo de ser, y será, muy distintamente interpretado.

Los tres colegas del hábil cinturón negro acudirán en seguida a prestarle mano: mientras él le somete a nueva e infalible presa, los otros inmovilizarán de concierto sus desacordes y pataleantes extremidades hasta asegurarse de su completa e irremediable impotencia.

Entonces, asiéndole por las maltrechas y desgarradas prendas, le ayudarán a subir, casi en volandas, el mismo tramo de la escalera por el que había bajado momentos antes con frívola despreocupación a fin de conducirle a un punto de destino original e imprevisto: el furgón.

Allí, en previsión de los eventuales desperfectos que pudiera ocasionar una incontrolada rabieta, le mantendrán convenientemente tendido bocabajo, con las suelas de sus botas plantadas en diferentes partes del cuerpo mientras el vehículo se dirige a la correspondiente comisaría de policía y atraviesa en tromba la ciudad haciendo sonar la endiablada sirena.

Si intenta moverse inconsideradamente, se subleva contra aquel trato propio de negro indocumentado y, con una temeridad e inconsciencia rayanas a la estupidez congénita o el cinismo, profiere rencorosos insultos y aserciones mendaces, sus cuatro acom-

pañantes interrumpirán la anodina conversación sobre dietas, permisos, turnos y permanencias, para
atajar de una vez, con prontitud y energía, su deslen-
guada cháchara: le obligarán a abrir su boca maldi-
ciente y hundirán la cachiporra en ella hasta el fondo
de la garganta.

¡Una espléndida lección de formas y maneras,
destinada a inculcarle para siempre la noción de
respeto, si, tostado por el sol y con aires de chulo,
se aventura usted, señor mío, por los pasillos del
metro!

JUSTICIA REVOLUCIONARIA

Cierre los ojos, aguarde a que la acelerada trepidación del convoy, a su izquierda, anuncie la inminente irrupción en la estación del metro y ábralos en
el momento de empujar a la vía, con todas sus fuerzas, a la persona situada de espaldas delante de
usted.

Escuche su aullido de terror, el golpeteo del
cuerpo destrozado por el vagón delantero, el violento e inútil chirriar de los frenos, los gritos de confusión de los usuarios apiñados en los andenes mientras deja caer las octavillas acusadoras y huye velozmente por pasillos y escaleras hacia la salida, mez-
clado con el gentío habitual a estas horas.

Entonces, sosiegue el paso, adáptese al ritmo de

los demás, compruebe la normalidad de su aspecto en el cristal de una tienda y sonría al cercano agente de tráfico con dulce y bobalicona expresión.

MANIFIESTO

«Después de varios siglos de cómplice y cobarde silencio sobre el genocidio del pueblo oteka, exterminado por las hordas tártaras, con la connivencia del Celeste Imperio y otras potencias asiáticas, hemos decidido pasar a la acción.»

«A partir de hoy ejecutaremos mensualmente a un pasajero berlinés, parisiense o madrileño hasta obtener la inclusión de aquel horrible drama en los manuales de historia, y la creación de un tribunal encargado de establecer ante el mundo la responsabilidad física y moral de los hechos.»

«Nuestra decisión es irrevocable y estamos dispuestos a mantener el ritmo de nuestros actos mientras nuestras justas y legítimas reivindicaciones sean desatendidas.»

«¡El recuerdo del pueblo oteka no morirá! ¡Temblad, criminales!»

COME BACK, AFRICA

Como la galería excavada por un topo, olor de subsuelo, neón, apuro, ferocidad, pobreza exhibida, penosas digestiones alcohólicas en decúbito supino, venta clandestina, ganado humano, ejército de fantasmas, deriva, amor a precio fijo, sexo portátil, mierda promocionada, sonrisa implacable, vagina en cruz de lorena, teta decorativa, ejercicio masturbador, profundidad helada. Sombra, apariencia, un pie delante del otro, camina, adelanta: al fondo del corredor, más allá del tramo gris estropajo de la escalera, el sonido del tam-tam te convoca. Pasión, libertad, violencia, energía, pulso ritmado imantan la luz, el sol, el color, dulzura perdida, telones idénticos, simétricamente dispuestos en carteles de propaganda: paisajes africanos de pacotilla, mar teñido de añil, cocoteros de caucho, playas tratadas con detergentes, pareja unisex, monoquinis, cabañas rústicas, obsequiosidad nativa, reiterada idiotez club-mediterranea.

Pero el conjuro del tam-tam es más fuerte: pichas frías, clítoris congelados, culos al por mayor van y vienen por el corredor insomne, aceleran el paso conforme se aproximan al corro improvisado de espectadores, rechazo mudo, prótesis faciales, miradas furtivas, esfínter contraído, angustia, estreñimiento. Seguir los pasos del barrendero por la trocha súbitamente abierta en el decorado: vegetación sursahariana, pequeños edificios cúbicos, senderos polvorientos, gritos, danzas, ceremonia de adiós. La tribu formando anillo en torno al morabito, rostros tensos, llanto de mujeres mientras te adentras como en un sueño, con tu colega fotógrafo, por aquel escenario de filme de terror: cadáveres mutilados, cuerpos desnudos, una muchachita cosida a cuchillazos con la sangre reseca de su doncellez. Los mercenarios han prendido fuego a las chozas, robado el ganado, pasado por las armas a niños y viejos: un mediocre material informativo para un público ya ahíto de esa especie insulsa de alimentos.

Nuestro hombre se agita, abre prudentemente un ojo, se cerciora de que está, como quince o veinte minutos antes, tumbado en el diván de su habitación. La culpa la tienen sin duda los dichosos garbanzos. Entre bostezos, borborigmos y eructos, toma la bizarra decisión de incorporarse, lavarse la cara, orinar, cepillarse los dientes. Como medida de precaución, antes de salir a estirar las piernas, disolverá en un vaso de agua media cucharada de bicarbonato.

TRAS LAS HUELLAS DE CHARLES LUTWIDGE DODGSON

Las dos gemelitas duermen o fingen dormir a la sombra de un abeto, vestidas idénticamente y en posturas casi simétricas: el codo y la porción superior del cuerpo reclinados en una estera, las cándidas y encantadoras cabezas sobre un puf de terciopelo. Sus cabellos, recogidos en un lazo, son de un color leonado; los botines oscuros descansan en la hierba. Sobre ésta, y en la porción de la estera visible entre sus rodillas, desdichadamente cubiertas con los pliegues de la falda, hay una raqueta y una pelota blancas. A la izquierda, en primer término, una pamela del mismo color con un gracioso y llamativo lazo negro.

Frente a un muro de viejos ladrillos, mal oculto por exigua y desmedrada enredadera, la niña se apoya en el respaldo de una silla con las manos enlazadas en actitud de plegaria. Su rostro absorto, de líneas absolutamente perfectas, expresa una seriedad y melancolía precoces mientras contempla algún objeto situado ligeramente a la derecha. Los cabellos caen en cascada sobre sus hombros y un vestido negro, muy holgado y moteado de blanco, la cubre del cuello a los pies, indultando solamente los brazos a la altura del codo. La increíble combinación de rasgos infantiles y adultos sorprende y encanta: nuestro mirón imagina la delicada terneza de sus tesoros, sin poder apartar la vista de ella.

En un sillón lleno de chucherías y adornos, la chiquita rubia, enfurruñada, le observa con expresión huraña sujetando entre las manos un caballo de cartón, como si temiera que, no contento con escudriñarla con sus ojos de sátiro, fuera además ladrón de juguetes y se dispusiera a arrebatárselo.

Recostada en la pared desconchada, los pies desnudos en el bordillo de un macizo de flores, la criatura le mira con malicia. El vestido de volantes, irregular y como desgarrado, deja al descubierto los hombros y una parte del pecho. El brazo izquierdo en jarra; el derecho, igualmente arqueado, sostiene en la palma de la mano un objeto borroso, esfuminado por la blancura del traje: una fruta, quizás una manzana, que podría dar de pronto, como un aleve y conciso proyectil, en medio de su cara congestionada. ¡En su ya larga carrera de escrutador no sería la primera vez que le acaeciera semejante percance!

Sentada en el suelo, en un rincón —como excluyendo toda posibilidad de huida—, la niña viste una especie de camisón de dormir blanco que contrasta con su cabello moreno y rizado. Su rostro soñador, las manos inmóviles en el regazo, la tela arrugada del vestido sugieren la existencia de una sensualidad incipiente, tal vez la velada invitación a un adiós todavía desconocido: algo como para robar el sueño al imaginario catador y estimular bruscamente su apetito.

Aunque ninguna de ellas ha cumplido diez años, todas muestran, a su manera, una endiablada coquetería. La belleza impúber de sus rasgos, sus gestos y ademanes armoniosos, su inocente y prodigiosa malicia embargan de dicha al espectador y lo sumen en un mar de sentimientos agitados que mezclan la noble fruición del esteta con la ya menos confesable calentura. Convocadas a uno de esos exiguos y tristes jardines públicos que suele visitar en sus paseos matinales por la ciudad, se aproximará furtivamente a ellas después de asegurarse de que ninguna de las cargantes madres acomodadas en los bancos de madera espía el tejemaneje que se trae entre piernas al amparo de su robusta y sólida gabardina.

¡Eh, chiquitas, venid a ver lo que tengo! ¿Hay alguna que quiera jugar con ella y comérsela a besos?

EL MODELO DE RODIN

Nuestro héroe no es un simple mirón: a veces, después de cerrar el albúm con las fotos exquisitas del Reverendo, abandona sus fantasías masturbatorias y se convierte en lector, coleccionista y epistológrafo. Recorre las páginas del ejemplar de Libération de los sábados, examina atentamente los anuncios eróticos, subraya con un lápiz aquéllos cuyo contenido le interesa y eventualmente los recorta con sus tijeras, los clasifica en una carpeta junto a la selección anterior. Después de escribir sus mensajes y meterlos en los sobres, apoya su barbilla en los nudillos de la mano derecha con ademán grave e inspirado de creador. Su musa vagabunda es singularmente prolífica: las cartas no llevan tachadura alguna y, de ordinario, las redacta de un tirón.

LLAMAMIENTO A LA OPINION

Señor director: si me permito la osadía de tomar la pluma y dirigir estas líneas torpes, pero sinceras al correo de lectores del diario que tan dignamente encabeza, es en nombre de las tradiciones e ideales de liberalismo, hospitalidad y tolerancia que constituyen la base moral de la sociedad de nuestro país y han asegurado su influencia y prestigio en todos los confines del mundo. El civismo, la compasión, el respeto a las costumbres y opiniones ajenas no sólo se inscriben en el marco estrictamente jurídico del legislador; deben traducirse asimismo en la praxis social cotidiana so pena de vegetar en el terreno de los desiderata y convertirse a la postre en letra muerta.

Yo, señor director, reclamo el derecho inalienable a la diferencia: la posibilidad de vivir plenamente, a la luz del día, mis sentimientos y afectos más profundos e íntimos, por mucho que ello pueda chocar a los espíritus mezquinos y timoratos; de disfrutar sin ninguna clase de represiones ni complejos de una forma heterodoxa, pero enriquecedora de sexualidad.

Creyendo encontrar, inocentemente, comprensión y asistencia entre los núcleos minoritarios que, al amparo de la actual y, digámoslo bien claro, engañosa liberalización de nuestras costumbres, florecen actualmente en los márgenes y zonas periféricas de la sociedad, he entrado en contacto con diversas

37

agrupaciones, colectivos y unidades móviles de feministas, gayos, lesbianas, pedófilos, S & M, fist fuckers, etc. sin obtener de ellos el menor apoyo a mi causa. Ni los Maricas Rojos ni el Frente de Liberación Fetichista ni los Grupos de Choque de las Tortilleras Revolucionarias han querido aceptar y hacer suyos mis justas reivindicaciones y agravios. Como en los períodos más sombríos del pasado —por no hablar ya de otras etapas históricamente superadas—, me veo obligado a actuar de un modo furtivo y clandestino, no leo en mi entorno sino cerrazón y hostilidad.

Me gustan los perros, señor director: de todas las razas y tamaños, sin omisión alguna. Razón por la cual, renunciando a las comodidades de una relación exclusivamente monocanina con algún bello ejemplar de mi propiedad, mantengo una dinámica abierta y plural con cuantos representantes de la especie perruna tropiezo en la calle. Lo mismo me da el benigno y cachazudo San Bernardo que el perrillo faldero, el galgo que el sabueso, el braco que el pastor alemán. Cuando veo a cualquiera de ellos ya sea junto al bordillo de la acera, en un alcorque enrejado o mientras corretea moviendo el rabo por los senderos de un jardín público, me acerco a él, le acaricio la cabeza y el lomo, intercambio unas frases de cortesía con el dueño, evoco recuerdos de afganos o tequeles semejantes, aclaro las razones personales de mi simpatía y emotividad. Luego, sin dejar de hablar con el amo, si está presente, o concentrándome del todo en el chucho, contento y ya enardecido por mis arrumacos y fiestas, si aquél anda lejos y nos deja en paz, deslizo paulatinamente mi mano a la parte trasera del vientre y le toco el sexo. Discretamente primero, con mayor concentración y energía después me dedico a masturbarle, a hacerlo dichoso. ¡Hay que ver el agradecimiento infinito que se lee en sus ojos, señor director, antes de juzgar apresuradamente mi conducta y estigmatizarla sin recurso en nombre de una falsa y estrecha moral! ¡En más de veinte años de experiencia en calles y jardines de esta capital no he topado con un solo caso de rechazo o desacuerdo! Pero si los perros muestran conmigo cordialidad y cariño, no puedo decir lo mismo de sus dueños ni de los simples curiosos que, como papanatas escandalizados y atónitos, asisten a mi manipulación. Sus rostros, muecas, miradas traducen una actitud de repulsa y condena, cuando no de desprecio y de asco, indicando a las claras que, incluso en una comunidad nominalmente permisiva como la nuestra, el derecho a la autenticidad y divergencia no existe y quienes, como yo, lo esgrimimos, somos parias sociales, habitantes del gueto, ciudadanos de tercera clase.

¿Dónde está el tan cacareado progreso de nuestras costumbres, señor director, si, en vez de gozar de los derechos y facultades establecidos por la ley, hay que volver a la época de las catacumbas? Confiando en su simpatía y ayuda, le agradecería que expusiera mis frustraciones y desengaños al juicio sereno e imparcial de sus lectores.

El peripatetismo de nuestro héroe es exclusivamente urbano. Abandonadlo, con un falacioso pretexto, al borde de la cuneta, junto al espléndido bosque de Fontainebleau o en un precioso y ameno prado normando y si, después de horas o minutos de espera, según el tiempo que dure lo que para él será siempre una broma pesada y de mal gusto, pasáis a recogerlo, lo encontraréis en el mismo lugar en que se apeó a orinar o asistir de espectador, dada su absoluta ignorancia en achaques de mecánica y lamentable y general incapacidad de resolver cualquier tipo de problemas, a la presunta reparación del motor o sustitución de una rueda pinchada: de espaldas a las vacas idílicas o inspirados robles, contemplando con una mezcla de ansiedad, tozudez y rabieta el concreto o alquitrán de la carretera.

El paisaje natural le desagrada: la suave melancolía del otoño y lo que las personas sensibles y exquisitas denominan su «sinfonía de colores» no arrancan en su alma pedestre y espíritu estrujado y reseco sino bostezos cavernosos; la nieve le horroriza y, por no verla, se pone gafas oscuras y cierra obstinadamente los ojos. Primavera y verano son peores aún: el polen y vilanos errantes le dan asma, los insectos le abruman con mortificantes picaduras. Al comienzo de su vida en común, la esposa —a quien, entre paréntesis, no hemos tenido todavía el gusto de conocer como si, por una razón ignorada, se avergonzara de ella o, celoso como un turco, la mantuviera reclusa en sus aposentos a fin de sustraerla a nuestras miradas— había intentado convertirle sin éxito en un adepto de los placeres campestres: aire limpio, atmósfera saludable y tónica, un sentimiento panteísta, de comunión universal. A ella le gustaba —y el lector obtiene por fin alguna información en lo que toca a su carácter y aficiones— acariciar el tronco rugoso de los castaños o arces, aspirar el denso aroma de la tierra: cuando veía alguna flor, la cortaba inmediatamente con sus tijeras, para hacer un ramo y adornar la casa; si se trataba de un fruto —aun de aquellos desconocidos y potencialmente peligrosos—, se lo llevaba al punto a la boca. En el interior del automóvil, vestido con una camisa de hilo y arropado con la bufanda según la estación y circunstancias climatológicas, él aguardaba pacientemente a la conclusión de aquellos arrebatos líricos, examinando el plano, guía de metro o nomenclatura de las calles de alguna ciudad: París Nueva York Berlín El Cairo Estambul Amsterdam.

Para el sujeto del relato —¿habrá que llamarlo, como se suele, Fulano hijo de Mengano y nieto de Zutano o Perengano?—, sólo la cives, su perímetro urbano, contiene la idea de espacio. Lo demás —llanos, montañas, valles y, por resumir, los elementos y accidentes naturales— es una prolongación informe, confusa e insignificante de aquélla. Cualquier mapa o carta de una capital conocida o ignorada le procura mayor estímulo y acicate que un parque o reserva zoológica de sesenta mil millas cuadradas. En una capital como en la que —después de haber ido dando tumbos de un continente a otro a causa de su vida profesional— actualmente vive —o, en la terminología de su esposa, vegeta—, puede emprender, sin moverse de su buhardilla gatera, la busca y rastreo de los espacios perdidos que configuran su escenografía mental o salir al proliferante, madrepórico caos callejero y domesticar territorios nuevos por una simple decisión de su voluntad. Las paredes de las casas del Sentier, los blancos y embaldosados corredores del metro, ofrecen toda suerte de propuestas e invitaciones a quien quiera o sepa leerlos: mitines, reuniones, veladas, mesas redondas organizadas por agrupaciones culturales, políticas, sindicales, religiosas. Imposición de manos, esoterismo hindú, coros del Ejército de Salvación, comedias y recitales para indígenas e inmigrados, sesiones de denuncia o confraternización, actos y asambleas de protesta sobre Polonia, Afganistán, Salvador, la junta argentina, los militares turcos, solidaridad con palestinos, armenios y kurdos, un llamamiento por la libertad de Ucrania, la lucha revolucionaria de corsos y moluqueños e incluso —algo como para que se le haga a uno la boca agua— una manifestación de apoyo —con exposiciones, discursos, música y diapositivas— al único país que mantiene la antorcha de la esperanza y en esta época de infame oportunismo y liquidación por derribo de ideologías bastardas, presenta para todos —nosotros y ustedes— un modelo válido, atractivo, sencillo: ¡Albania!

Albania, sí, Albania.

Ya sé que los seudointelectuales cínicos, los oportunistas y escépticos de toda laya se sonreirán tal vez al oír el nombre de un país pequeño, es verdad, por su extensión territorial y número de habitantes, pero realmente grandioso y, casi diría, titánico por el ejemplo que hoy ofrece al mundo en términos de una sociedad revolucionaria avanzada en donde, gracias al mantenimiento, contra viento y marea, de una línea ideológica justa y correcta, los derechos individuales, económicos, sociales y políticos del pueblo trabajador han alcanzado cotas de libertad y democracia nunca vistas entre nosotros; una sociedad definitivamente limpia de las taras, desviaciones y prácticas revisionistas comunes a cuantos regímenes reivindican aún, con desfachatez e impudicia, la herencia gloriosa del materialismo científico para imponer nuevas y abominables formas de opresión sobre las masas, extender sus tentáculos voraces a países vecinos, repartirse el planeta con los gángsters de las multinacionales, ahogar por todos los medios el rayo de luz de la única revolución victoriosa y seguir el camino que conduce inevitablemente al despeñadero por el que han caído, caen y caerán siempre quienes ignoran las lecciones y advertencias de la Historia.

El hombre que ocupa el extremo de la tribuna, apoyado en una especie de atril, se interrumpe a colectar los breves y discretos aplausos de la asamblea reunida en la pequeña sala de conferencias: un local decimonónico un tanto venido a menos, con un crujiente entarimado a la inglesa, techo artesonado, revestimientos y zócalos de madera, paneles con pinturas alegóricas y varios bustos de hombres célebres sombríos y abatidos, con los párpados y orejas cubiertos de polvo. Las inscripciones grabadas en los zócalos resultan casi ilegibles y ni siquiera el somnoliento conserje del edificio conoce dato alguno sobre su identidad e historial.

El público se compone de una cincuentena de personas de mediana edad, vestidas con abrigos, pieles y bufandas pues a causa de un defecto de la calefacción o quizá por razones de índole presupuestaria la temperatura del salón es muy baja. Este enojoso inconveniente no parece enfriar con todo el ánimo de los espectadores. Tras las palabras introductorias del presidente de la sesión, los reunidos aguardan con una mezcla de devoción y ansiedad el mensaje de los dos bienaventurados oradores que, como indica el programa de presentación del acto, han tenido la oportunidad única, el privilegio raro, de convivir por espacio de dos meses con el glorioso pueblo trabajador de Albania: un hombre de una treintena de años, de rostro anguloso y pelo cortado a cepillo y una mujer algo mayor, con una de esas boinas ladeadas que aparecen a menudo en los filmes de guerra de los cuarenta. Cuando ésta se incorpora del asiento a verificar el buen funcionamiento del aparato proyector su figura recuerda de pronto a algún fotograbado cursi y romántico: seca, escurrida, huesuda, como un viejo surtidor de bencina desgalichado. De vuelta a su sitio, la mujer chupa pausadamente un cigarrillo que, a diferencia de los producidos por las multinacionales yanquis diseminadoras de cánceres, ha sido elaborado por un pueblo sano y sencillo, que ignora los estragos de la enfermedad. Mientras distribuye graciosamente el contenido de una modesta cajetilla de cartón mal pegado entre los fumadores de las butacas delanteras —recordándoles la proverbial longevidad de sus recientes anfitriones, un record mundial en la materia— su colega pone un poco de orden en los papeles y láminas que deben ilustrar paso a paso los diferentes aspectos y etapas de su ameno e instructivo viaje. Al fondo del estrado, entre la mesa y el atril, hay una pantalla para la proyección de las diapositivas así como una bandera roja con una estrella blanca de cinco puntas y un águila bicéfala de color negro. Encima de ellas, la cuatrinca de padres del materialismo científico —los dos filósofos, el calvo de la perilla y el bigotudo y socarrón georgiano— parece apadrinar discretamente la fotografía enmarcada de su fiel y aventajado retoño: ese coloso infinitamente popular que hoy asume su herencia, señalando el camino de la victoria a todas las naciones oprimidas de la tierra.

Camaradas, amigos, nuestros dos compañeros aquí presentes, recorrían hace menos de una semana este aguerrido y heroico país, compartiendo la existencia de sus hombres y mujeres, mezclados con sus técnicos, intelectuales, obreros y campesinos, visitando sus ciudades, comunas y aldeas, discutiendo libremente con soldados y dirigentes. Una experiencia apasionante y fantástica, como la de penetrar hoy en el mundo del mañana: un mundo con problemas, dificultades, luchas, pero que cuenta en su haber unos éxitos, realizaciones y conquistas propiamente fabulosos. ¡Una exaltadora perspectiva en la que, en nuestras tristes sociedades represivas, no podemos siquiera soñar!

Sentado en la última fila de butacas, el caballero de la gabardina, cuyo sombrero de fieltro descansa en las rodillas —dejamos a ustedes la tarea de adivinar quién es—, examina de reojo el rostro de los circunstantes acomodados en su hilera. Los labios. barbillas, pómulos, narices y frentes de hombres y mujeres tienen ese misterioso denominador común que marca su impronta al auditorio en las reuniones y veladas de l'Armée de Salut, los Children of God o aquellas otras, ya remotas, a las que asistía en un colegio de su país siendo niño —¡anota bien ese detalle biográfico, curioso lector!—: una beatitud o estado de gracia capaz de suavizar perfiles y aristas, esfuminar la dureza y rigor de las líneas, impregnar las fisionomías más cerriles e ingratas de un toque de alegre y fecunda receptividad. ¡Sí, a tres horas de vuelo de París, la sociedad revolucionaria, libre y democrática ha dejado de ser una hermosa quimera, una fantasía desbocada y se ha convertido en palmaria e innegable realidad! Los dos oradores de la tribuna, abandonando su aire de circunspección y reserva, dan un testimonio vehemente y apasionado de

46

cuanto han visto, tocado y oído: la sala ha sido sumergida en una casi completa oscuridad y su dúo de voces comenta con tono profesoral las imágenes que se suceden en la pantalla: un edificio monumental y macizo, guardado por soldados (la Asamblea Popular); algunas plazas y avenidas de la capital (afortunadamente libres del ruido y polución de nuestro infecto parque de automóviles, precisa la mujer); un grupo de viviendas protegidas para obreros (murmullos admirativos en la sala); varios tractores de fabricación nacional (exclamaciones de aprobación y maravilla); un hermoso campo recién sembrado de hortalizas (antes de la revolución, su ex-dueño lo mantenía yermo); primer plano de una col socialista gigante, perlada de rocío (voces enternecidas: ¡oh, un caracolito!); campesinas, ataviadas con sus trajes típicos, recogen las frutas abundantes de un árbol (observen cómo sonríen mientras trabajan: ¡saben que no son explotadas!); planos de entrenamiento gimnástico-militar de los cadetes de la escuela de policía (allí no se les teme como aquí: están al servicio de las masas revolucionarias); varias estatuas y bustos del Líder (el pueblo las erige en todos lados de forma espontánea, para testimoniarle su amor y respeto): ¡sé que no me creerán ustedes si les digo que su fotografía, cariñosamente enmarcada, figura a la entrada de todas las casas, pero es así! ¡Un plebiscito natural, instintivo, diario, que evidencia la superioridad de este nuevo y eficaz sistema de democracia popular, perfectamente llano y directo!

Los sentimientos de emoción, concomitancia y

simpatía del público están al rojo vivo. Los dos testigos han vivido los triunfos y alegrías de las masas, han comulgado con sus aspiraciones y anhelos. A diferencia de lo que ocurre en nuestras sociedades seudodemocráticas, los jóvenes no pierden el tiempo en discotecas, cines porno, drogas, prostíbulos, máquinas tragaperras, sino que emplean saludablemente sus ocios en paseos, excursiones, deportes, lecturas. Mientras en la pantalla se suceden imágenes de un enorme panel con las fotografías de los obreros ejemplares del mes y de una biblioteca pública, con un centenar de muchachos uniformados absortos en el estudio: ¡no vayan a creer que están leyendo novelas policiacas o literatura de evasión!, dice el hombre de rostro anguloso y pelo en cepillo. Lo que consultan son tratados de ingeniería, agronomía y mecánica y, sobre todo, las Obras Completas del Líder. Una voz pretenciosa, difícil de localizar a causa de la penumbra: ¿pueden leer lo que les apetece o hay alguna forma de censura? Murmullos de reprobación general y contundente respuesta de la larga y escuchimizada mujer de la boina: ¡la censura resulta allí innecesaria porque esta clase de libros desmovilizadores y frívolos no interesa absolutamente a nadie!

La exposición de los viajeros ha concluido y, amablemente, se ofrecen a responder a las preguntas del público. Una señora gruesa, con un gran sombrero: ¿han podido ver al Líder en carne y hueso? Los testigos asienten: no sólo le han visto y estrechado la mano sino que, pese a sus múltiples y abrumadoras responsabilidades, han dialogado con él por espacio de media hora. ¡Una experiencia única, verdaderamente impresionante! ¿Cómo es? ¿En qué términos lo describirían si tuvieran que definirlo? Un hombre bueno, modesto y sencillo, que mantiene un contacto vivo y permanente con el pueblo. Entre el pueblo y él hay un fenómeno de compenetración absoluta, casi de ósmosis. ¿Una unión hipostática?, pregunta en voz baja nuestro héroe. Pero su vecino feligrés no entiende: indudablemente, ha sido educado en la escuela laica. La teología albanesa se le ha subido de golpe a la cabeza: el culto de latría, dulía e hiperdulía; los misterios de la Unidad, Trinidad y Transubstanciación. ¿Habrá un confesionario lateral junto al que arrodillarse e implorar la absolución de los pecados? Una banda militar en uniforme de gala, inmovilizada en una diapositiva fija, entona por fin una especie de Te Deum: el himno nacional. Solemne y hierático en su pose oficial, el Líder pluscuamperfecto le contempla paternalmente en las alturas mientras de pie, integrado en el ferviente concurso, pone fin, con las nobles estrofas, a aquel acto sublime de fraternidad.

EGOCENTRISMO DEMOCRATICO

La mejor solución: responder a los deseos de las masas eligiendo al cargo supremo a la persona más apta para representarlas: un hombre capaz de escuchar la voz del pueblo, conocer sus aspiraciones y anhelos, identificarse plenamente con él. De decir: yo soy el pueblo, y dialogar con él, consigo, en el espejo; de eliminar todo asomo de contradicción entre ambos gracias a la exclusión de cualquier tipo de instancias intermedias; de asumir su yo infinito, multitudinario, y asegurar sin complejos su progreso y felicidad.

En consecuencia: comer, tragar, beber, engordar, extender los límites corporales al último agujero del cinturón y luego romperlo: ¡una gran victoria de las masas! Acumular los pliegues de grasa en la sotabarba, estómago, nalgas, muslos, abdomen, caderas: ¡nuevas conquistas populares! Desenvolverse cada vez más, ganar en volumen y circunferencia, perder de vista la parte inferior de la ingle a causa del diámetro increíble del cuerpo: ¡otros tantos éxitos de la plebe, motivo gozoso de fiestas y regocijos! Dilatarse como un globo aerostático, establecer nuevos planes de desarrollo y expansión, rebasar metas tenidas por imposibles, escuchar las aclamaciones del gentío, los gritos de Macho, Padrote, Caudillo, Comandante en Jefe, Guía Supremo, Benefactor. Emitir eructos entre las barbas, descifrar la voluntad soberana en las propias ventosidades y borborigmos. Pesarse regularmente en público y comprobar que el pilón adjunto al brazo mayor de la romana sube al tope en medio de los aplausos y las ovaciones de la multitud enfebrecida.

Vuelta a empezar.

Jugar con el espacio y el haz de posibilidades que implica. Escaleras, pasillos, enlaces, andenes, trayectos, correcorre, horas punta, alfombras mecánicas, súbita vuelta atrás. Sol barato, empresas inmobiliarias, amor programado, sonrisas dentífricas. Intervenciones espontáneas y artesanales también: dientes cariados, ojo a la funerala, pichas erectas, contramensajes de contenido burlesco o político. Inscripciones en árabe, urdú, persa, beréber o turco. موت الفرنسا ماش الثورة . La France Aux Français. Usuarios apresurados, rumor de pisadas, tam-tams africanos, rascaviolines famélicos. Mendigos sentados en el suelo, con la patética historia de su vida escrita en yeso y un modesto bote de latón para el óbolo de las almas caritativas. Rostros absortos, implacables, ciegos, de la masa de peatones que viene en sentido inverso, como si fuera a ajustar las cuentas con la que, igualmente feroz, avanza contigo por el subterráneo embaldosado, con muchachas-champú-natural-proteínico, hostelería tunecino-balear, aperitivos, espaguetis, quesos, productos congelados. Temor a tropezar, caer, ser inmediatamente pisoteado por la multitud indiferente, escuchar la trepidación de los trenes, torcer por el corredor lateral, trepar escaleras, alcanzar rellanos, empujar puertas, dar finalmente con la salida.

Estás en Barbès.

Arabes, negros, paquistanís, antillanos, suben y bajan, revenden billetes por unidades, se atropellan en los portillos de entrada, saltan por encima de la barrera, rehuyen controles de la policía.

Dos jóvenes, con túnicas africanas primorosamente bordadas y tocados con bonetes de color, distribuyen tarjetas a los viajeros, excluyendo tan sólo a aquellos que, como tú, presentan un aspecto inconfundiblemente doméstico. Picado por la curiosidad, te agacharás no obstante y recogerás un ejemplar sucio y pisoteado, arrojado a pocos pasos de la boca, bajo el techo herrumbroso, retembleante, del metro aéreo.

MONSIEUR L'SA MONAMMU

Gran marabú, vidente y medium. —Venido a París con un don y quince años de experiencia en el Centro de la Magia Africana —Especialista diplomado en todas las reflexiones y dominios —Signos de la mano —Lectura del porvenir —Exito profesional —Procura suerte en los negocios y exámenes —Amor durable y sincero —Resuelve los problemas entre hombres y mujeres en Europa y Estados Unidos —Fidelidad absoluta entre esposos —Cómo recuperar el afecto incluso en los casos más desesperados y que parecen irrealizables —Inspira el deseo sexual —Atrae los sentimientos —Si tu marido o bien tu mujer te ha dejado ven acá y vas a verle(a) antes de una

*semana o bien si quieres echar a alguien de su
casa o del País —Neutraliza cualquier adversi-
dad e influencia nefasta o maléfica —Supera
toda clase de obstáculos —Imanta la clientela
a los vendedores —Procura rápidamente empleo —Fractura de miembros, memoria, inteligencia —Opera también con anillos —Tráe-
me la foto de tu enemigo —Trabajo serio —Resultado seguro.*

En la esquina inferior de la tarjeta-reclamo figuran las señas y horario de visitas. El lugar queda
cerca y, como tu esposa se encarga a menudo de
recordártelo, dispones de tiempo. Lo mismo da dor-
mitar en el sillón que estirar imaginariamente las
piernas. Luchando con tu pasajera propensión a la
inercia, adoptarás la firme resolución de ir a verlo.

DE VUELTA A LA ALDEA

El edificio es un antiguo prostíbulo para inmigrados, con una escalera de madera en espiral desvencijada y oscura. Los visitantes del morabito aguardan
pacientemente en el rellano, junto a la puerta de su
cuchitril: mujeres envueltas en chales y caftanes, individuos sombríos y ensimismados, manos y cabellos
teñidos de alheña. Al llegar él y acomodarse en un
escalón junto al último miembro de la cola, le obser-

van con indiferencia, sin preguntarse qué hace allí. Nuestro hombre ha tenido, es verdad, la elemental precaución de cambiar su habitual sombrero de fieltro con un turbante amarillo adquirido por el módico precio de diez francos a un regatero de la rue Polonceau. ¡Si su esposa le viera en aquel instante le abrumaría, con toda razón, bajo el peso de sus hirientes sarcasmos!

Quienes acaban de ser atendidos salen reconcentrados y silenciosos de la habitación, con un triángulo de papel en la mano: al volver a casa, deben poner un extremo del mismo en un vaso de agua y beber ésta de un tirón, arrojar otro al fuego y coser el tercero al vestido, de forma que roce siempre la piel; o conseguir un mechón de los pelos de la persona querida u odiada, una fotografía reciente de ella y volver allí, a ver al milagrero, para que éste escriba una fórmula eficaz y potente que, unida a los cabellos, será depositada bajo el colchón o la almohada; o arrancar el corazón a un gallo, ponerle una pizca de sal, acribillarlo de alfileres como el acerico de una costurera y suspenderlo con un hilo rojo en las ramas de un árbol: su enemigo agonizará sin remedio conforme el erizado corazón se seque.

Cuando llega su turno, nuestro hombre —utilizo aún, como siempre, el plural a fin de evitar las bromas de mal gusto que podría suscitar el empleo del adjetivo posesivo en primera persona del singular entre lectores malintencionados y aviesos— penetra en el tabuco del morabito: una habitación con un hornillo de gas, adornada de signos zodiacales, manos, ojos, triángulos, inscripciones cúficas. Su anfitrión es un hombre de mediana edad con zaragüelles, chilaba, gafas, almaizal y turbante, sentado en cuclillas sobre una estera. Con un ademán señorial, te invita a instalarte en ésta frente a él, me coge la mano, consulta las líneas, murmura conjuros y ensalmos, revuelve el contenido verde de un vaso y escupe en él un chorro abundante de saliva.

Veo una gran plaza despejada, gentío, mucho tráfico, cornetas, tambores, una banda de música... Veo a un muerto, un ataúd de madera y de bronce... El público rodea el catafalco y deposita flores sobre la tapa... Pero el espíritu del muerto es más fuerte que todos y vuela al país natal... Veo una aldea, arbustos, chozas de madera... El muerto está con los suyos, saluda a sus esposas, besa la mano de sus padres... Sus asesinos, ahora, no pueden nada contra él... Tiene el poder de atraer la lluvia y los corazones... No será barrendero ni colector de basuras sino un héroe conocido en el mundo entero... Los morterazos, obuses, metralla se transforman en flores y frutos silvestres... No volverá a caer en el barro, destrozado, borracho, en un paisaje sembrado de cráteres lunares... No sufrirá más frío ni hambre ni sed ni humillaciones... Ahora es libre y feliz... Desde la caja en que creyeron encerrarle, ríe, reirá siempre, de la credulidad y estupidez de sus adoradores... Veo, veo aún...

La profunda aversión a la naturaleza y los paisajes campestres de nuestro rompesuelos urbano admite sin embargo, por razones puramente estratégicas, algunas excepciones: v.gr., los jardines públicos.

Como no dejan de apuntar los movimientos Verdes y grupos ecologistas, la intrincada jungla en que habita carece de esos espacios comunales abiertos que, según su jerga, son el pulmón, la bocanada de oxígeno de la gran ciudad. El ámbito gris pizarroso en el que deambula no permite extasiarse ante cascadas, laguitos, macizos de flores, hileras mayestáticas de castaños de Indias: los amantes del reino vegetal, los paseaperros, las ineptas familias naturistas, los aficionados al yoguin deben recurrir al automóvil o coger el metro si, de su cuenta y riesgo, deciden dar libre curso a sus estúpidas y funestas manías. El Sentier no ha sido creado para ellos: ningún monarca, presidente, arquitecto oficial ni urbanista han proyectado en él modelo alguno de convivencia o solaz. A decir verdad, el barrio no ha sido reglamentado por nadie: sabiamente, se ha improvisado a sí mismo. Cuando, asomado a la ventana de su leonera, nuestro vagabundo abarca la perspectiva de tejados, buhardillas, chimeneas que se extiende hacia la Opera y los minúsculos rascacielos de la Défense, la ausencia total de arbolado le llena de alivio. Por mucho que escudriñe y amusgue la vista no percibe un solo átomo de verdura: su universo es exclusivamente civil.

El área populosa en que habita alberga con todo algún jardincillo escuálido encajado entre dos inmuebles y, a cinco minutos de trayecto, el destartalado Square adjunto al bulevar Sébastopol. Allí, en los meses invernales, cuando los tilos presentan un aspecto desvalido y exhiben lastimeramente sus desnudos muñones, los bancos de madera soleados son presa de ancianos ociosos e individuos en paro, señoras con perrillos falderos, apabullantes materfamilias. Los chuchos corren de un extremo a otro, agitan el rabo, ladran, orinan, se olfatean, empalman con desenvoltura festiva, intentan copular sin éxito, cagan profusamente para consolarse. Chiquillos y niñas juegan a rayuela, pasean sus muñecas, se deslizan por los toboganes, se columpian, hacen castillos de arena, acuden de vez en cuando a acusarse mutuamente y lloran junto a sus madres.

El hombre de gafas, sombrero y gabardina que les observa arrobado ofrece un aspecto a primera vista inofensivo y nadie parece reparar en él. Mientras su vecino de asiento lee ansiosamente las elusivas ofertas de trabajo de France-Soir y dos damas de mediana edad vigilan con el rabillo del ojo las evoluciones de su buldog o del último retoño de la prole, se saca un ratoncillo blanco del bolsillo, lo deja corretear por la manga del impermeable, finge acunarlo con arrumacos y mimos, se traslada al bordillo del parque de arena y exhibe su mascota con aire seráfico. Las chiquitas de los columpios y toboganes acuden inmediatamente dando gritos, se apiñan a su alrededor, quieren acariciar al animalillo, le rozan el lomo, le tiran de la punta del rabo. El método es infalible y nuestro héroe, avezado a las artes de seducción del alma infantil, empieza a ser conocido entre los asiduos del jardín por el Señor del Ratoncito Blanco.

¿Es suyo? ¿Cómo se llama?

Te lo diré si me dices cómo te llamas tú.

¿Yo? Katie. ¿Puedo tocarlo?

A condición de que me dejes tocarte a ti.

¡Qué bonito es!

Tú también eres muy bonita.

¿No muerde nunca?

Si eres buena conmigo, no.

Seré buena.

¿Siempre?

¡Siempre!

¿Harás todo lo que te diga?

Si me da el ratoncito, sí.

Te lo daré.

¿Cómo dice usted que se llama?

Antes debes venir a casa y te sacaré una foto.

Uy, que me hace cosquillas.

¡Verás cuando estemos solos!

¿Es usted fotógrafo?

Me gusta retratar a las chiquitas.

¿Me dice de una vez cómo se llama?

Charles, lo mismo que yo.

La erección es triunfal, casi columnaria. Desdichadamente, tal y como temías al examinar por enésima vez las fotos del álbum, la madre de Katie —imponente, avasalladora y rolliza como la Brunilda de un campo nazi—, se aproximará a husmear y romper con su elefantina presencia aquella porcelana delicadísima y frágil. Tragándote el odio, no tendrás más remedio que expresarte ante ella de modo circunspecto y grave, poner buena cara, evocar recuerdos y anécdotas de inexistentes sobrinas, sacar a relucir tu labor pastoral: mostrar que no eres el horrible sátiro que ella creía sino un Reverendo profesor de la Escuela de Cristo oxoniana.

Al tiempo que el kapo se confunde en excusas e intenta besar torpemente el emblema de tu noble y espiritual magisterio, deberás resistir con todas tus fuerzas a la sublime tentación que te hostiga: levantar de golpe las faldas al monstruo y dejar escurrir el diminuto ratón por sus muslos bulbosos en dirección a la impensable vagina.

LA HEMEROTECA

Como ese escultor que, tras integrar a título experimental en sus composiciones una serie de elementos como cuerdas, retales de saco, tornillos, guijarros o fragmentos de madera, llega a la axiomática conclusión de que lo más válido de ella es precisamente el material exterior incorporado, abandona poco a poco su labor de mezcla para centrar su empeño en el hallazgo y colección de cuantos cuerpos y objetos correspondan a la imagen ideal de lo que debería ser su trabajo y se consagra exclusivamente a la compra, digamos, de esas barras de pan oblongas que, según se secan y vencen, se convierten en prodigiosas estalactitas o giacomettis de un valor artístico muy superior al de los frutos un tanto chapuceros de su anterior etapa, contentándose a partir de entonces con ir de vez en cuando a la panadería, adquirir por unas monedas la producción entera de la semana, regresar a su estudio con las que pronto serán sus creaciones y tumbarse a descansar en el catre en donde folla con su querida, vacía su provisión de botellas de vodka o le da a la pipa de caña y arcilla cargada con buen kif de Ketama mientras las esculturas alineadas en las paredes y rincones cobran naturalmente una forma estética audaz y se transforman en su obra personal, ni más ni menos la evolución profesional de nuestro héroe: en lugar de perder energías escribiendo reportajes o artículos sin ninguna incidencia en el curso de las guerras, gulags, matanzas, terrorismo, represión o hambre programada, se dedica desde hace algún tiempo —por razones de pereza o autoprotección subjetiva prefiere dejar en la sombra el cómputo exacto— a la tarea de repasar diariamente, de cabo a rabo, una media docena de periódicos en diferentes idiomas, desde editoriales y libres opiniones hasta páginas de sucesos, correo de lectores y anuncios por palabras.

Su lectura no es una lectura ordinaria pues, como el censor ducho en las artes de supresión y escamoteo de lo que no debe correr y por consiguiente no corre, nuestro héroe —¿no resulta algo ridículo llamarlo así cuando nos consta que en su vida actual no hay ningún hecho o rasgo que autorice a considerarlo heroico?— subraya con un lápiz rojo cuantas noticias, acaecimientos o mensajes atraen su atención: lo mismo la frase de un ministro o líder sindical que el gárrulo spleen de un cronista de sociedad o la carta de algún lector o lectora cachondos, en estado de elemental verriondez. A continuación —y también como el probo funcionario absorto en su quehacer ejemplar de higiene y policía— revisa atentamente los párrafos subrayados, como para aquilatar su valor y peso específico tocante a la salud física y espiritual de sus conciudadanos y, siguiendo la pauta de aquéllos, se afana en recortar los más llamativos o estimulantes con ayuda de unas tijeras. El conjunto seleccionado puede ocupar tanto una frase de dos líneas como una página entera del diario: en un caso como en el otro, será catalogado en razón de su contenido en las carpetas de colores que —como los panes artísticos del original escultor— se amontonan en los estantes y muebles de su leonera. Los recortes de prensa se convierten así poco a poco en su propia labor. En ocasiones excepcionales —cuando el interés del asunto lo ordena— reproduce su contenido por escrito en algún cuaderno o bloc de cuartillas. Sin necesidad de situarse en primera fila para captar a lo vivo las espontáneas y concluyentes manifestaciones del apocalipsis cercano, su minuciosa faena de recopilador y amanuense enriquece y engrosa a diario el repertorio de sus Obras Completas.

MISANTROPO

El solitario vecino del Sentier no sólo ha reducido la comunicación con su mujer a una serie de notas que desliza a diario bajo la esterilla de su apartamento —por no hablar ahora de otros medios clandestinos, inconfesables y perversos—, sino que ha dejado de frecuentar a la totalidad de sus antiguos colegas y amigos desde la muerte de su compatriota músico y compositor: no descuelga el teléfono, no responde a recados ni cartas, ha desactivado el timbre de la puerta y, cuando algún visitante obstinado golpea esta última con los nudillos, retiene el aliento, se hace el muerto, escucha con una sonrisa satisfecha el crujido del entarimado y las pisadas que se alejan por el pasillo, camino del ascensor. Si por desgracia da en la calle con algún pesado, se cala el sombrero, acelera el paso, finge no escuchar su llamada y si el pelmazo insiste, corre tras él, pronuncia su nombre, acerca su jeta odiosa, le contesta sin ladear la cabeza ni tomarse la molestia de cambiar la voz: se equivoca usted, señor mío; la persona que busca no soy yo.

SER DE SANSUEÑA

Su amigo compositor había llegado a París con la diáspora hispana del 39: debía de tener entonces como unos treinta años, aunque su edad real permaneciera siempre en la bruma en razón de su coquetería en la materia y la eterna e inalterable peluca que parecía rejuvenecer con el tiempo, conforme se acentuaba el contraste con la faz de suyo marchita y la piel progresivamente arrugada. Durante la guerra había compuesto al parecer un himno a los voluntarios del frente, tal vez un oratorio para los caídos en el campo de batalla —había quien hablaba también de una canción titulada «la nana del huérfano»—, pero nadie, ni siquiera sus amigos más íntimos, habían tenido el privilegio y honor de escucharlos. El músico se ganaba la vida dando clases de idioma en una academia particular cercana a la Opera y allí le había conocido el futuro recopilador y amanuense, al varar también éste, unos lustros más tarde, en playa tan poco acogedora y amena: un melancólico profesor auxiliar para principiantes encallados en la dichosa erre, a quien el compositor, con tacto y delicadeza extraños entre sus paisanos, había confortado con su aliento y consejos durante su breve y ominosa etapa en aquel horrible lugar.

Pese a los saltos y vaivenes del recopilador-amanuense, habían seguido viéndose de vez en cuando en la tertulia de un vasto y destartalado café contiguo a la escuela: Le Napolitain. El maestro, envuelto siempre con algún impermeable o abrigo aun en los calores del verano, tenía una virtud capital a ojos de su compadre: el silencio. Durante sus apariciones en el café, permanecía obstinadamente callado después del breve y obligado intercambio de saludos de rigor: a lo sumo, contestaba a las espaciadas y en verdad poco interesantes preguntas con un monosílabo, emitía un suspiro, movía ligeramente la cabeza. Era un experto en el arte de callar y había extendido su admirable destreza al campo musical. Desde el día en que se había visto obligado a cruzar la frontera con los restos del ejército derrotado, había resuelto protestar a su manera contra aquella incalificable tropelía histórica: mientras Franco usurpara el poder no volvería a componer ni una sola nota. Su huelga artística, mantenida con voluntad inexorable, se había prolongado por espacio de treinta y cinco años. En este período, con tesón heroico, el músico había afinado maravillosamente su silencio. Las obras no escritas, sus partituras en blanco, eran un bofetón oportuno y certero en el rostro de quienes directa o indirectamente admitían, al crear, la vigencia real de un país sometido a la férula de aquel monstruoso enano. Mientras los demás ensuciaban el pentagrama con semicorcheas y fusas, doblaban la espalda, pasaban por el aro, él perfeccionaba su mutismo, enriquecía sus pausas, pulía y elaboraba la compleja y sutil arquitectura de una obra secreta, rigurosa e inflexiblemente áfona. Día tras día y año tras año, ensayaba sus movimientos con el arco del violín sin rozar jamás las cuerdas, permanecía sentado ante el piano con los brazos severamente cruzados. Su rechazo absoluto había sido escenificado en un recital de canto de la Salle Gaveau: ante la sorpresa, pasmo, estupor, consternación y furia del público, el músico había interpretado diecisiete minutos de estricto silencio, sin inmutarse por las protestas y gritos, el pataleo de la sala, la increíble barahúnda de los melómanos retrepados en sus asientos, los puños amenazadores, la deserción de un vasto sector de la concurrencia hacia la taquilla, con el obvio y mezquino propósito de exigir el reembolso de la entrada. Nuestro amanuense había permanecido en su butaca de la primera fila, disfrutando de la limpia y acendrada ejecución de la insólita partitura y, al concluir, mientras su amigo saludaba imperturbablemente al auditorio, escaso ya, pero vociferante, había prorrumpido en un frenético y sostenido aplauso, consiguiendo arrastrar con su ejemplo a un grupo de indecisos que, sin saber qué pensar de la obra titulada cabalmente «Concierto en la mayor para instrumentos de silencio», se unieron a él, con brusco y neófito entusiasmo, proclamando a voces, frente a la incomprensión de una mayoría de asistentes de gusto lamentablemente conservador y obsoleto, el valor ejemplar, innovador y revolucionario de la pieza maestra que el gran artista acababa de interpretar. Fue su última actuación, injustamente abrumada por una prensa mediocre que habló perentoriamente de tomadura de pelo; desde entonces, el músico había paseado discretamente la indemne y llamativa peluca de la academia de idiomas a su minúsculo apartamento, excepto unas breves y espaciadas visitas a la menguada y triste tertulia de Le Napolitain. Allí le había visto por penúltima vez nuestro amanuense, en completa y magistral posesión de su docto silencio, unas semanas antes de la

muerte del dictador: coincidiendo con la agonía de
éste, cayó enfermo, fue llevado a un hospital y perdió lentamente sus facultades, agotado quizá por su
inquebrantable huelga musical. Cuando su amigo
fue a visitarle el veinte de noviembre, el compositor
sonreía bajo la peluca y movía penosamente los labios, como articulando las notas de su genial partitura. Al morir, en la misma hora y minuto en que los
partes médicos oficiales anunciaban en Madrid el
tránsito de su grotesco paisano, nuestro amanuense
regresó cabizbajo y ceñudo a su casa. Llevaba siempre consigo una pequeña agenda en donde anotaba
las direcciones y teléfonos de sus colegas y amigos y,
en vez de tachar escuetamente, como solía, el nombre, número y señas del desaparecido, procedió a un
verdadero auto de fe: la desencuadernó tras un forcejeo enérgico y, página tras página, en riguroso
orden alfabético, consumó el holocausto. Las pre-
sencias más o menos familiares del pasado fueron
reducidas a trizas. Había vuelto al núcleo original
de su soledad: en adelante, el intercambio de notas
con su mujer le bastaba. Cuando el contenido de la
agenda fue sólo hojarasca, arrojó la totalidad de sus
recuerdos, sin rémora alguna, a la taza del excusado.

Botín del día: dos cartas del abundante correo erótico semanal del lector, subrayadas primero con lápiz rojo y recortadas luego con las tijeras, listas para ser catalogadas en la carpeta, junto a las que ya integran su nutrida y sicalíptica colección.

«Una zanahoria en el ano y una pluma plantada en la parte que sobresale, me la meneo pensando en ti. Habrás recibido, después de la foto de mi culo, la de mi picha, tomada en plena paja. Espero tu respuesta que leeré, como prometí, en cueros, la polla en la mano y un dedo en el hoyo trasero, excepto si tú me impones una postura todavía más ridícula y humillante. Aguardo también con impaciencia la instantánea que abarque a la vez tu diminuto jardín y la bella roseta, con unas gotitas de pipí del primero y un trozo de papel que haya estado en contacto íntimo con la segunda, para aspirarlo con inefable delicia. Tu humilde admirador y esclavo: EL REVERENDO.»

«Soy un tío de mediana edad, 1 m 73, 66 kilos, viril, bien dotado y velludo. Mi fantasma: tumbado en la cama, en pelota viva, con la pinga ya tiesa y el glande descapullado, tres chiquitas se ocupan de mí. Una lame el mechón de los sobacos y acaricia el pecho peludo; otra, me chupa golosamente el miembro, deslizando su lengüecita rosa y vibrátil alrededor del balano y sopesando con sus delicadas manos mis cojones macizos; la tercera pasa los deditos por la raya de las nalgas y cosquillea con su boca inocente mis muslos y piernas. Las tres hablan y me dicen: !Adoro los tíos cachondos! ¡Oh, qué huevos enormes! ¡Ah, qué picha tan bella! Luego, cuando descargaré la leche, espesa y fragante como la crema, las tres se precipitarán a devorarla, se relamerán de puro gusto, dirán que es la mejor y más exquisita merienda. Si alguna chavalita, incluso púber —a condición de que su pubis sea perfectamente lampiño y rosado— se enrolla con mi fantasía, la aguardaré los días laborables de la semana entrante a la salida de su liceo o escuela. Signo de reconocimiento: una gabardina presta a abrirse como un telón para mostrar mi instrumento. Te acercarás a preguntarme la hora y te enseñaré mi reloj parado. Mi nombre es CHARLES. El tuyo, DORA, ISABEL, KATIE, AGNÈS, MAGDALEN o INA.»

El misántropo de la Rue Poissonnière se frota las manos: ¡su abnegada labor de amanuense es progresivamente reconocida!

PERVERSIONES SECRETAS

La alergia absoluta de nuestro personaje al acervo milenario de la ciudad en que, molesto e inútil como un parásito, tristemente vegeta induciría a pensar que el embotamiento general de su sensibilidad y facultades estéticas obedece en realidad a una decrepitud prematura de sus centros receptivos y motores: en otras palabras, a un proceso galopante de senectud. No sólo desdeña, el muy desgraciado, el conjunto artístico, monumental —rigurosamente trazado para prevenir todo conato de efervescencia o desorden— que se despliega del Palais Royal a la Concorde, sino que extiende dicha actitud de rechazo a bibliotecas, teatros, exposiciones, museos. La silueta maciza del Louvre —hosca y amenazante como la de un cuartel general del Saber— le provoca mareos. Desde su instalación en el Sentier, no ha podido entrar en aquél, si le han puesto en el aprieto de hacerlo, sin que a los pocos minutos la vista se le nuble, la cabeza le dé vueltas, su boca se transforme en sima cavernosa y un súbito e invencible cansancio abrume sus sufridas espaldas. Tras haber contemplado a aturdidos grupos políglotas perdidos en sus salas sin saber, a ciencia incierta, si el cicerone iba a recitarles la lista de los reyes godos o proponerles un paseo en góndola y docenas de japoneses examinar a la Gioconda con gafas especulares ahumadas, ha renunciado a estos baños intensivos de conocimiento, estas dosis masivas de píldoras culturales que, paradójicamente, producen en su ánimo el efecto opuesto: un deseo vehemente de dinamitar el lugar y salir precipitadamente a la calle.

Su fobia lamentable a galerías y pinacotecas admite con todo alguna excepción: la de las consagradas al crimen y horror, el Gran Guiñol y figuras de cera. De vez en cuando —y éste es un hecho digno de ser mencionado—, nuestro hombre, en lugar de coger el metro hacia Barbès o romper las suelas por las callejas bulliciosas del barrio, tuerce a la izquierda del cine Rex, camina pausadamente por los bulevares y se detiene frente a la bóveda del Musée Grevin aparentemente decidido a disfrutar por veinte francos del Palacio de los Espejismos, el Templo de Brahma, una Audiencia en el Vaticano y el Buque Encantado. Una vez inmerso en el delirio barroco de los salones —la cueva de los monos, un gendarme plus vrai que nature, Reagan promocionando dentífricos ante una doble fila de micrófonos—, para escapar a los corros de provincianos y extranjeros venidos a admirar un popurrí de Carlomagno, San Luis, Napoleón, Juana de Arco, María Antonieta, el Delfín, Julio Iglesias, Richelieu y Mrs. Thatcher, se interna inmediatamente en el laberinto de escaleras y pasajes y avanza con paso resuelto —de asiduo visitante a los lugares— hacia uno de los nichos o huecos en donde, junto a Chénier condenado a muerte y el niño Mozart tocando el piano, aguarda, hierático, su dios favorito. Ajeno a las exclamaciones y comentarios del público permanece entonces inmóvil, con los ojos clavados en la figura inmarcesible del ídolo: los bigotes rizados, el pecho cubierto de condecoraciones y medallas, su gorra soberbia de mariscal. El Padrecito de los Pueblos parece halagado por el celo de su devoto y se deja adorar con visible coquetería. Mientras el viejo guardián del lugar vigila discretamente su proceder, a todas luces sospechoso, el rostro de nuestro hombre irradia en estos momentos una enigmática expresión de felicidad.

NI STALIN NI TRUJILLO NI POL POT: BELA LUGOSI

La idea me vino al contemplar el culebrón interminable que diariamente se formaba a lo largo de la acera de mi manzana durante el festival del Filme de Terror: millares y millares de personas, de todas edades y categorías socio-profesionales aguardaban pacientemente, soportando los rigores de un tiempo desapacible y hosco, el instante exquisito de abonar el precio, bastante elevado por cierto, para introducirse en la sala archirrepleta y pasar allí una hora y pico de angustia y sobresalto, sudores fríos, palpitaciones y vuelcos del corazón, gemidos ahogados y a veces gritos de verdadero pánico, en un estado de febrilidad, casi de trance sólo comparable, por su intensidad y plenitud, al deliquio amoroso. Descubrimiento capital, incontrovertible del que no tardaría en sacar provecho: aquel gentío anhelaba vivir en una atmósfera de zozobra y espanto, estaba dispuesto a sufrir, a pagar por ello.

En consecuencia, desde mi ascensión al poder, he ajustado a dicha observación mi conducta y gobierno, procurando al pueblo, a mi pueblo, de continuo y de balde, un ambiente y acción parecidos a los que antes, por pura frustración, se veían obligados a buscar en la penumbra y anonimato del cine: vivir en un estado de inquietud asfixiante, temblar cada vez que suena el timbre y no es la hora en que suele venir el lechero, bajar desprevenido la escalera y topar con la cabeza ensangrentada del vecino que había contraído la necia costumbre de lamentarse y hablar mal de mí; salir a la calle con el temor de que un coche oscuro, sin matrícula, frene junto a una persona inofensiva cualquiera y cuatro individuos enmascarados la empujen brutalmente al interior del vehículo y desaparezcan con ella sin dejar rastro.

Pasear por las calles de nuestra capital es topar a cada paso con espectáculos sobrecogedores y atroces, que empequeñecen y ridiculizan las hazañas de Drácula o Frankenstein. Los sueños se han vuelto reales: las salas especializadas en esa clase de películas se han visto en el brete, por falta de público, de reconvertirse o cerrar.

Ahora pueden gozar ustedes ininterrumpidamente de cadáveres mutilados, cuerpos grotescos colgando de las farolas, jaurías de perros adiestrados en la caza y devoración de sospechosos, de un primer ministro empalado y sin ojos, con un gracioso alfiler de corbata adornado con sus propios testículos.

Todos los sondeos muestran un índice de satisfacción constantemente elevado y, tocante a mi persona, la cota suprema de popularidad.

PALIMPSESTO URBANO

En el Sentier, como en todos los barrios exuberantes y abigarrados, no sometidos todavía a un riguroso proceso de saneamiento y control, la lucha por la vida se manifiesta a la luz del día con tranquila y estimulante brutalidad. La abrupta necesidad de ganarse el pan, de sobrevivir como sea a los embates de una crisis general y aparentemente sin remedio se traduce en un excedente de energía que inviste a cualquier movimiento o gesto de un aire de resolución brusca, de un suplemento de tensión a primera vista desproporcionada. En lugar de resignarse a su sino, el sector más desfavorecido del vecindario reacciona frente a él con prontitud y decisión. La vigencia animal de la ley del más fuerte le obliga a economizar sus sentimientos y adaptarse a un ambiente competitivo y hostil que excluye a priori todo error de juicio o debilidad. Pulcritud, cortesía, buenos modales constituyen un lujo del que resulta aconsejable prescindir y del que en consecuencia prescinde. El intruso se siente ignorado, casi transparente: las miradas parecen atravesarle y apuntar a algún objeto situado detrás. Esta inexistencia, más allá del mero intercambio de servicios, ofrece con todo algunas ventajas. El ninguneado se convierte a su vez en cámara cinematográfica que registra fríamente, con curiosidad neutra, el extraordinario crisol que le ciñe: ajetreo feroz de las horas punta; mozos de cuerda encorvados bajo sus cargas; claxonazos lastimeros de vehículos inmovilizados en la liga atrapacoches de la Rue d'Aboukir; ejército peatonal desafiante y apresurado, que se abre paso a codazos, casi a empellones mientras carritos y triciclos inventan imposibles trayectos, víctimas de una implacable y difusa atmósfera de agresividad. Los ilotas paquistaneses y bangladesís apiñados en el burladero de la Place du Caire aguardan sombríos una hipotética intervención del destino y el mandadero turco, con deslucido traje de tres piezas, gorra de cuadros y mancuernado bigote, se detiene unos momentos, con sus fardos, a enjugarse elocuentemente el sudor.

Espacios idénticos, escenas parecidas, agitación y efervescencia sobrepuestas te acompañan cuando caminas tras él por callejas cercanas al Bazar Egipcio en medio de ceñudos transeúntes y rabiosas pintadas: clima de sordo e impreciso temor, discordia civil, propaganda clandestinamente distribuida, rutinaria evocación de matanzas. También él, el otro, se escabulle como puede entre el gentío, se emboca por un caos de pasajes y arcadas, brujulea tenazmente —como si, percatado de tu acoso, procurara extraviarte— por la sucesión de patios y escaleras que, en rápida mutación de decorado, comunican entre sí en los aledaños de la mezquita, aprisa, cada vez más aprisa, sin volver la cabeza, con el fardaje siempre a la espalda, junto a hileras interminables de tiendas que vierten la mercadería en las aceras, invaden la calzada, difuminan, hasta borrarla, la frontera que habitualmente separa comercios e inmuebles del espacio público, abruman al forastero con inoportunas ofertas, le envuelven poco a poco en su asfixiante maraña. El corresponsal de prensa venido a informar, a informarse de la precariedad de un orden quizá moribundo, de una guerra interior insidiosa y larvada, será musicalmente escoltado en su carrera por un relevo permanente de casettes, de transistores ubicuos: bendires, flautas, camanyas, danzas sufís, baladas anatolias, lamentos desgarrados de cantautores reproducidos a cada paso en fundas de elepés, affiches callejeros, tarjetas postales con la camisa orgullosamente abierta, luciendo su gloriosa pelambre. El individuo camina ahora a la velocidad que consiente la carga, topa sin cesar con peatones que vienen en sentido inverso y, aprovechando una pausa, se desembaraza desesperadamente de aquélla y huye ya sin rebozo alguno hacia el tramo de escaleras donde, sin saberlo, le cita el destino. El eco amortiguado de los disparos te sorprenderá en la calleja por la que acaba de esfumarse y en la que su cadáver aparecerá retratado el día siguiente, en la primera página del diario que te sirven en la habitación del hotel con la bandeja humeante del desayuno.

DEFECTOS, SICOSIS, PUNTOS FLACOS

¿Quién de nosotros no tiene aversiones secretas, fobias inconfesables, verdaderas manías obsesivas? Por ejemplo: las verrugas, el olor a vinagre, los paisajes campestres, el acento argentino. Nuestro protagonista —hemos empezado a buscar equivalentes de héroe en el Diccionario de Sinónimos a fin de no aburrir al lector con un apelativo inevitablemente enojoso y reiterativo— huye como veloz lagartija cada vez que tropieza con una excrecencia carnosa, se acomoda en el cine junto a un espectador cuyo cabello o chaqueta de ante han sido tratados con ácido acético o recibe la visita de un sociólogo porteño lacaniano, marxista y partidario de Perón. Cuando es víctima de alguno de estos lamentables percances, da por cancelado el día y regresa a su estudio, se encierra en la habitación con las luces apagadas y, si no logra conciliar el sueño, se pone una mascarilla negra como los antiguos actores de cine porno y se toma un mogadón.

Ultimamente, sufre una pertinaz pesadilla: está en un restaurante de cualquier capital europea o norteamericana, cuando irrumpe un grupo de músicos con calzas, jubones, capas de colores; son los simpáticos estudiantes de la Tuna universitaria, que interpretan para los satisfechos comensales daneses, belgas o neoyorquinos su pieza predilecta, su éxito inmarchitable, su triunfo internacional: ¡Clavelitos! El desdichado palidece, exige inmediatamente la cuenta al consternado camarero, se precipita a la calle con vivos deseos de vomitar.

En previsión de ese tipo de encontronazos funestos, evita las zonas de peligro, asoma prudentemente la cabeza antes de doblar una esquina y si divisa a la gallarda y donosa estudiantina de barbas quevedes-

cas entonando cla-ve-li-tos, cla-ve-li-tos, cla-ve-li-tos
de mi corazón, da media vuelta, escapa con una lige-
reza excepcional a sus años, empuja y casi derriba a
pacíficos transeúntes como si acabara de cometer
una fechoría y, en vez de la abominable musiquita,
fuera perseguido por vengadora jauría a los gritos de
¡Al ladrón! ¡Al ladrón!

DESDOBLAMIENTOS

La transparencia del tejido social del Sentier,
sus vínculos personales vividos sin intimidad ni secreto, permiten identificar a simple vista a quien, en
razón de su apego senil a unos usos y normas anti-
cuados y rancios, permanece al margen del vasto
crisol del barrio y adquiere poco a poco, sin saberlo, caracteres atípicos. Por ejemplo: ese personaje grotesco que tocado con una boina y con una
escarapela tricolor en la solapa del impermeable
emerge al amanecer, los domingos y días festivos,
del inmueble de la Rue Poissonnière, arriesga una
mirada furtiva a la acera desierta y llena de desperdi-
cios y, reconfortado por el silencio y aparente letargo
urbano, procede a inspeccionar, con aires de propie-
tario, las fachadas grises de la Rue de la Lune. Las
enérgicas pintadas con esprai de los turcos extienden
a lo largo de los muros inquietantes mensajes: KA-
HROLŞUN FASIZM DEV-YOL. YASASIN ÇORUM DI-

RENŞI. HALKIN KURTULUŞU. El personaje en cuestión las examina con la misma expresión de temor con que, según la leyenda, habría descifrado el rey Baltasar la amenaza profética trazada por una mano misteriosa en la pared de su palacio de Babilonia. ¿Qué diablos anunciaba aquel YA ÖZGÜR VATAN YA ÖLÜM pintarrajeado con nocturnidad y alevosía en el curso de la semana? El supuesto aborigen del Sentier contempla con despecho y rencor la sibilina advertencia de los emigrados. Él, el patriota que, cargado de medallas, alumbra diariamente la llama de la tumba del Soldado Desconocido, se ve obligado a camuflarse y recurrir al secreto del alba para expresar su indignada protesta contra la creciente, asoladora marea de polución muslímica. Cerciorándose de que nadie le mira, saca su bolígrafo del bolsillo y escribe febrilmente, como quien mea en un lugar público temiendo ser sorprendido, sus tenaces contraconsignas: LA LIGA ARABE GOBIERNA EN FRANCIA. PARIS, PARA LOS FRANCESES. LIBERTAD A THIBAUD D'ORLEANS. Luego, seguro ya de su impunidad, dibuja las siglas de esos enigmáticos comandos de Charles Martel resueltos a emprender contra el Infiel la nueva y victoriosa Cruzada.

Asomado al balcón del piso de su mujer, nuestro héroe espía desde las alturas las manipulaciones de su alter ego. El ridículo personaje de Action Française admira ahora su propia obra con orgullo casi paterno: ¡la resistencia al invasor se organiza! Mientras acaricia el emblema de la solapa y se cala la

boina hasta las cejas, sentirá la aguda comezón de
una mirada en sus espaldas y, al volverse nerviosamente hacia ti, te descubrirá, se descubrirá a sí
mismo, mofándose de él, mofándose de ti, apuntan-
do hacia él, hacia ti, la rosada y procaz extremidad
de la lengua.

A LA SOMBRA DE VLADIMIR ILICH

Recibió una invitación de sus viejos amigos.
Hace siglos que no sabemos de tí. Ninguno de nosotros se explica tu mutismo. ¿Qué diablos haces a
solas, jubilado del mundo, encerrado en tu celda
como un anacoreta? ¿Piensas que la vida ha interrumpido su curso? ¿Te desentiendes de nuestros
anhelos y luchas? ¿Acaso crees que es posible cambiar de planeta?

Fue a verlos. Caminaba por un paisaje otoñal: un
sendero escoltado por una doble fila de árboles des-
guarnecidos y enfermos, con el suelo cubierto de
hojas. El viento era frenético y se movía con dificultad. La mansión, a lo lejos, parecía un colegio selecto, quizás una clínica de lujo o lugar de reposo.
Había anochecido bruscamente y todas las luces estaban encendidas. Pasó frente a las dependencias del
edificio principal: una sala de gimnasia vacía, una
flamante peluquería de señoras. Divisó a media docena de clientas, entre las que creyó reconocer a las

esposas de algunos de sus colegas: perfectamente inmóviles, con las cabezas bajo los cascos electrificados, como si estuvieran recargando sus cerebros de ideas. El corazón le dio un vuelco: su propia mujer figuraba entre ellas. Quería saludarla, preguntarle qué hacía allí, pero su voz era débil y ella no podía escucharla a causa del casco. Ahora mismo vuelvo, gritó; y subió la suntuosa escalera helicoide que conducía a un interior alfombrado. Un largo corredor con luces de neón, camillas y enfermeras. Preguntó la dirección a una mujer gruesa que empujaba un carrito con frascos y medicinas. Pasó junto a una sala iluminada por grandes arañas de cristal: una criatura encantadora, con un vestido de volantes, irregular y como desgarrado, que dejaba al descubierto los hombros y una parte del pecho, le sonreía con malicia. El brazo izquierdo en jarra; el derecho, igualmente arqueado, sostenía en la palma de la mano un objeto borroso, esfuminado por la blancura del traje. ¡Katie!, exclamó. Pero los pies, independientemente de su voluntad, le llevaban al final del pasillo. Oyó voces, risas, exclamaciones. Informados de su venida, sus antiguos compañeros de militancia le aguardaban en coro, entonando canciones políticas, baladas o marchas revolucionarias. Iban grotescamente vestidos de niño: pantalón corto, camisas de colores, gorritos de playa, baberos manchados de papilla, lazos, chichoneras. Su comportamiento y lenguaje eran igualmente pueriles: berreaban, se empujaban unos a otros, armaban estropicio, batían las palmas. Se habían precipitado a su encuentro, haciendo círculo alrededor de él, y bailaban cogidos de la mano. El busto de yeso del Maestro, calvo y con mefistofélica perilla, parecía contemplar con desdén aquel desconcierto y barullo de sus descarriados alumnos. El dictamen histórico-médico era absolutamente claro y, como sus fieles celadores se encargaban de recordarlo, tenía una denominación precisa: desviación infantil izquierdista. El espectáculo le deprimía y huyó de la barahúnda del aula. Quería ver a Katie, arrodillarse frente a ella, besar sus piececitos desnudos. Las enfermeras, ahora, le perseguían con sus sarcasmos. Las puertas habían sido tapiadas y era preciso bajar por la mugrienta escalera de servicio. Las paredes estaban llenas de pintadas: ¡Amnistía! ¡Abajo el orden burgués! ¡Viva la huelga nacional pacífica! Debía regresar lo antes posible a la peluquería, tener una explicación decisiva con su mujer. El sótano del edificio permanecía en la penumbra y se internó en un corredor en el que oía gritar su nombre. De nuevo, una inercia misteriosa le impedía andar. Las llamadas de sus amigos se hacían insistentes. Asomaban la cabeza por los cubos de basura, cantaban su afligida palinodia. El Maestro, no obstante, los condenaba sin recurso. Nadie podía nada por ellos y, voluntariamente alejados de la línea correcta que indicaba el Partido, conocían la índole inexorable de la pena: pudrirse para siempre, cada cual en su cubo, en el pestífero muladar de la Historia.

EN SU ISLA DESIERTA

Nuestro héroe no es, no ha sido nunca un lector de ciencia ficción: le basta con hojear la media docena de diarios y revistas a los que está abonado para descubrir a cada paso abundancia de ejemplos que prueban la superioridad avasalladora de lo real respecto de una mediocre y ya otoñal inventiva. Sumergirse en aquellos es un ejercicio tan arriesgado como el de internarse en un campo sembrado de minas: el sujeto de esta historia se adentra en el universo de la modernidad incontrolada casi de puntillas, deteniéndose a respirar a cada paso, volviendo la mirada atrás como si se estuviera despidiendo del mundo y adicionando mentalmente los síntomas del absurdo y ya cercano final. El minúsculo planeta en que vive ha sido cebado de explosivos: mientras describe silenciosamente su órbita se ha transformado de forma insidiosa en un polvorín. El increíble azar que creara la vida orgánica en la casi invisible verruga que flota en una asfixiante densidad de galaxias está a punto de abolirse. El microcosmos del Sentier, el microcosmos de su propia vida se prolongan sin saberlo en un estado de angustiosa precariedad: el de una sentencia capital provisionalmente suspendida. En su celdilla de la Rue Poissonnière —emulando a aquellos monjes proféticos que codificaban la enciclopedia de conocimientos de su época en las inmediaciones del milenio—, el amanuense alterna sus cartas y mensajes de amor a Agnès, Katie, Magdalen o las gemeli-

tas con avisos anónimos dirigidos a los periódicos
como otros tantos manuscritos embotellados de un
náufrago en alta mar. Con el despego que le procura
su voluntaria marginalidad, se esfuerza en amenizar
con chistes y advertencias burlonas la helada irrevo-
cabilidad del diluvio que se avecina.

SOLO PARA LOS LISTOS

Los pronósticos del Instituto de Estudios Espacia-
les neoyorquino, filial de la Goddard Spaceflight Cen-
ter de Greenbelt, Maryland, hablan por sí solos: las
crecientes cantidades de dióxido de carbono que se
acumulan en la atmósfera desde los inicios de la revolución industrial, al absorber las radiaciones calorífi-
cas de la Tierra, producen en ésta un efecto de inver-
nadero en virtud del cual su calor, en vez de disiparse
en el espacio, se mantiene y provoca una aumento
paulatino de las temperaturas en el globo terráqueo
que, de proseguir el ritmo actual de consumo de
petróleo y sus derivados energéticos, puede alcanzar
en la próxima década entre seis y nueve grados. Dicho calentamiento, que aproximaría las condiciones
climatológicas de nuestro planeta a las que existieran
en el período mesozoico de los dinosaurios, sería
suficiente, según la autorizada opinión de los científicos del Instituto, para fundir y desprender el
enorme casquete de hielo de la Antártida y aumentar

el nivel del mar a cotas de dieciocho o veinte metros, con lo que cubriría así, al cabo de corto tiempo, vastas extensiones de la Tierra, incluidas numerosas zonas urbanofabriles de gran densidad de población. Naciones como Holanda, Bélgica y Dinamarca serían medio borradas del mapa, comarcas marítimas y villas portuarias asistirían a su anegamiento con impotencia y desesperación. Los propietarios de los pisos superiores de Manhattan podrían, en cambio, visitar a sus vecinos en góndola y practicar surf o esquí acuático sobre los árboles sumidos de Central Park.

Estos vaticinios, rigurosamente científicos, imponen desde ahora la adopción de una estrategia a largo plazo destinada a sortear, adelantarse y sacar partido al curso inevitable de los acontecimientos: como los grandes inventos tecnológicos del último siglo, exigen una política audaz de reconversión en la que los espíritus más finos y perspicaces, anticipándose a la arrebatiña, se llevarán mejor tajada y asegurarán para sí y sus descendientes la parte del león.

Del mismo modo que los bruscos trastornos políticos suelen ser un fértil semillero de iniciativas, tanto cuanto impulsan a las personas más inquietas, emprendedoras y activas a ocupar los puestos vacantes en los peldaños superiores de la sociedad, las transformaciones climatológicas que se anuncian serán también almáciga de innovaciones y aventuras fecundas en la medida en que los individuos despiertos, agresivos y astutos podrán ejercer sus estratagemas y talentos sin límite alguno para imponerse y triunfar.

Un cálculo preciso de los nuevos contornos marítimos les permitirá reservarse con un mínimo margen de error las zonas ideales para la disposición de complejos turísticos, puertos deportivos, hipermercados, restaurantes, moteles, campos de golf, comprándolos por un bocado de pan a sus incautos e ignorantes dueños y vender por el contrario aquellas propiedades, fincas y solares que, por hallarse en las zonas inexorablemente cubiertas, perderán más tarde todo su valor. Nuestras agencias de promoción les orientarán desde hoy a la conquista de futuros mercados comerciales e inmobiliarios, trazarán para ustedes, con ayuda de los ordenadores, el gráfico exacto de las áreas más útiles y adecuadas al desarrollo de sus empresas inversoras de venta y especulación.

¡Contemplen desde sus flamantes chalés o condominios selectos la lenta inmersión de propiedades, edificios y terrenos de quienes, por negligencia, ineptitud o cerrazón no han sabido reaccionar a tiempo y sobrevivirán con desolación y tristeza patéticas al ocaso irremediable de su fortuna! Mientras ellos sollozarán por sus bienes, ustedes podrán navegar sobre éstos con el esbelto yate de su propiedad y practicar, si les apetece, la pesca submarina en sus mismísimas mansiones anegadas. Si el que no corre vuela, señoras y señores, piensen que hoy es ya ayer, ¡Vivan resueltamente en el mañana!

En las pausas que siguen o preceden a sus tareas de copista, recopilador, corresponsal anónimo o autor chapucero de fantasías científicas, el atrabiliario vecino de la Rue Poissonnière, abandonando su melancólica observación de las palomas en el alero gris del tejado, el domo verde mazapán de la Opera o sus manos descoloridas y enjutas —temeroso de detectar, contra toda lógica, los síntomas anunciadores de una abominable verruga—, revuelve a veces la pila de revistas y publicaciones hacinadas entre sus carpetas hasta dar con un marchito volumen de poesía, regresa al escritorio en el que acaba de redactar una nueva y desvergonzada carta a las modelos del Reverendo y procede a copiar en un cuaderno, con esmerada caligrafía, los divanes del místico sufí Yalaluddin Rumi a su maestro e iniciador Chams Tabrizi:

> *Era nieve, y me fundieron tus rayos.*
> *La tierra me bebió; niebla del espíritu*
> *me remonto hacia el sol.*

El estrafalario ermitaño del Sentier nos había mantenido celosamente oculta hasta ahora su increíble e insólita afición a la poesía. Su abierto menosprecio al mundo de la cultura, su conducta a menudo indecorosa, la bajeza y zafiedad de sus gustos se compaginan en verdad difícilmente con esa inclinación secreta al lenguaje inefable del fundador de las danzas derviches: ¡su alma empedernida y estéril ha preservado así dichosamente del muermo incurable que le habita un pequeño remanso de efusividad, un diminuto hontanar del que quizá manen sus querencias y emociones más íntimas!

Su rostro, ordinariamente obtuso y huraño, parece abrirse y difundir energía mientras escribe en una tarjeta rectangular destinada a su mujer los versos espirituales del bardo al libre y provocador vagabundo que había irrumpido en su vida:

Feliz momento aquél en que nos sentamos en el palacio
tú y yo.
Con dos formas y dos semblantes, pero una sola alma,
tú y yo.
Las estrellas del cielo vendrán a contemplarnos y nosotros
se las mostraremos a la propia luna,
tú y yo.
Y nos fundiremos en el éxtasis y no seremos ya seres individuales,
jubilosos y a salvo del necio lenguaje humano,
tú y yo.
Todos los pájaros de brillante pluma se morderán de envidia el corazón, en el lugar donde reiremos
tú y yo.
Esta es la maravilla mayor: que sentados acá, en el mismo
escondrijo, vivamos simultáneamente en el Irak y en Jorastán,
tú y yo.

¡Desgraciadamente para nosotros, no nos será posible captar la muy probable expresión de displicencia, desdén y estupor de la esposa del monstruo en el momento de recorrer estas líneas!

EL TEMPLO DE LAS MUSAS

¿Por qué en el secreto e intimidad del wc nos sentimos poetas? ¿Por qué quienes no osan escribir ni manifestarse en otra parte lo hacen precisamente aquí? ¿Por qué hago también como los demás y trazo este absurdo mensaje para los que dentro de unos minutos, modestamente acuclillados como yo, ocuparán mi lugar?

A menudo, cuando la inspiración le falla, nuestro amanuense abandona sus fantasías erótico-apocalípticas, deja el papel, el bolígrafo y las tijeras sobre su mesa de trabajo, contempla la perspectiva de tejados, chimeneas y antenas de televisión que se divisa desde su buhardilla, se incorpora a cortarse las uñas y orinar en el lavabo, se pone el impermeable y sombrero y, ya en la calle, en vez de seguir uno de sus consabidos trayectos, camina diligentemente en dirección a las bocas de metro de Strasbourg-Saint Denis, baja la escalera que lleva a los aseos y, después de abonar el precio de la ficha, introduce ésta en la ranura del dispositivo de abertura, acciona la manija y, dueño y señor del exiguo pero coqueto lugar, cómodamente instalado en el habitáculo, lee los mensajes garabateados en las paredes —en la mayoría de los cuales un experto grafólogo reconocería inmediatamente los rasgos de su propia escritura— con morosa delectación: KATIE, TE AMO. Un corazón sangrante atravesado por una flecha y los nombres enlazados de Charles y Magdalen. EL REVERENDO OS ESPERA EN EL JARDÍN. Un poema en acróstico dedicado a las gemelitas.

El silencio del local, interrumpido sólo por gemidos, espasmos, ventosidades y presumibles suspiros de satisfacción ante la obra ya hecha, tiene la sublime facultad de estimular la efusividad de las almas líricas, delicadamente recoletas hasta el punto de que nuestro escribano está convencido de que el emplazamiento ideal de los talleres de Creative Writing profusamente establecidos en las universidades estadounidenses debería ser justamente una larga hilera de estas sugestivas casillas sin techo en las que el candidato a escritor, ya libre de cuitas, siente el impulso irresistible y asimismo visceral de comunicar a los demás sus ideas y sentimientos secretos. ¿Para qué pagar en efecto una costosa matrícula de más de mil dólares cuando por el módico precio de un franco desvalorizado cualquier individuo agazapado puede convertirse en creador? ¿Qué mejor ubicación, para el pueblo, que ese espacio único, privilegiado en el que el ser humano libera sus energías físicas y mentales sin ninguna clase de inhibición?

Encogido, con los bajos de la gabardina prudentemente doblados, pero sin quitarse el sombrero ni en tan apurado trance, el polifacético memorialista y redactor del Sentier reproducirá una vez más, mientras puja, su obsesivo y amenazador Manifiesto:

Después de varios siglos de cómplice y cobarde silencio sobre el genocidio del pueblo oteka, exterminado por las hordas tártaras, con la connivencia del Celeste Imperio y otras potencias asiáticas, hemos decidido pasar a la acción...

COMPARTAN NUESTRA REPROBACION

¿Qué diablos andará manipulando nuestro hombre en su propio teléfono?

La línea instalada en su leonera enlaza directamente con la del piso de enfrente: es, en realidad, una mera extensión de la misma. Pero, aunque siempre la desenchufa porque no quiere que nadie le moleste y el brusco zumbido del receptor le horroriza, hemos advertido que la conecta a menudo cuando se ausenta, sobre todo si la esposa está en casa y, como suele, conversa interminablemente con sus amigas.

Ahora, el atrabiliario personaje retira un pequeño dispositivo adherido al aparato, se instala cómodamente en su sillón, mira a través del cristal de la ventana la superficie grisácea de los tejados, contempla una de las palomas estúpidas cuyas deyecciones salpican el canalón de desagüe, se frota las manos como el obeso sexual que, después de masturbarse ante una modelo de Playboy, deliciosamente relajado ya, hace ese típico ademán de enjabonarse y decide que ha llegado el momento oportuno de fumarse con calma un purito. La cinta grabadora, entre tanto, gira monótonamente con sus pausas, preguntas, digresiones, suspiros.

Como siempre... Encerrado en su celda sin ver a nadie... No, dice que no le interesa... Ha perdido el contacto con todos sus amigos... Le dieron una buena indemnización cuando se marchó, pero el dinero no va a durar eternamente... Como no se espabile un poco, amanecerá sin un real en el bolsillo el día menos pensado... Claro que lo sabe, se lo dije montones de veces cuando aún nos hablábamos... Exacto, prefiere hacerse el tonto... Nada, pasear de un lado a otro como un turista... ¿Yo? ¿Qué quieres que haga? Hace tiempo que he renunciado a intervenir en sus asuntos... Al fin y al cabo es mayor de edad y sabe lo que quiere... No, ni siquiera coincidimos en la portería... Sólo las notas y mensajes... Nada, pensamientos, reflexiones. ¡El otro día me copió el poema de un místico sufí, traducido del persa!... Ya sé que me quiere a su manera pero, para mí, es como si se hubiera ido a otro planeta... Por fortuna, tengo mi trabajo, una vida independiente de la suya, de otro modo... Lo mejor es tomar las cosas con humor y hacer como si fuese viuda...

La cinta se interrumpe, y el tenue hilillo transmisor —semejante a aquel de quien, incapaz de confesar directamente a su consorte que su vida común se ha vuelto un desierto, decide recurrir al subterfugio de soñar fingidamente en voz alta y decir así, en un estado de supuesto sonambulismo, lo que no alcanza a manifestar despierto— se pierde en un silencio opaco: nuestro hombre guarda el magnetófono como si nada hubiera pasado, sin temor a que —conforme al símil anteriormente trazado— su otra mitad, el ofuscado cónyuge, sacuda al presunto soñador a bofetadas e intercepte con brutalidad la ingeniosa estratagema comunicativa.

Inútil agregar que su conducta incalificable moviliza nuestros sentimientos de desprecio e indignación: ¡no contento con ser un mirón, el triste sujeto que acapara inmerecidamente esta historia, resulta, para colmo, un aprendiz de espía!

UNA LO UTIL A LO AGRADABLE

Aguardando los cataclismos y mutaciones ambientales que se nos vienen encima, no se deje ganar por la apatía ni se abandone a un fatalismo malsano: nuestro equipo de sociólogos ha ideado para usted una vasta gama de propuestas positivas mediante las que podrá mantener ocupado su espíritu y entretener agradablemente sus ocios, desde la invención de

92

toda clase de gadgets y juegos ingeniosos a la programación de las lecturas del mes.

Adquiera, por ejemplo, un oído electrónico con el que podrá escuchar y grabar cualquier conversación en un radio de quinientos metros sin necesidad de moverse de su domicilio o despacho. Sorprenda con su micrófono indiscreto la intimidad de sus vecinos, descubra sus opiniones y secretos, averigüe sin lugar a dudas lo que verdaderamente piensan de usted. Controle a distancia las charlas de sus empleados, las confidencias y agravios de su media naranja, los exabruptos de la sirvienta murmurados a regañadientes. Gracias a su minimicro de vigilancia de gran fidelidad y precisión, gozará de la inmensa ventaja de conocer su fuero interno y penetrar en lo más recóndito de sus pensamientos, de explotar en su provecho la masa de datos e informes que su oreja exterior le procura.

Satisfaga su legítima curiosidad uniendo lo útil a lo agradable: la brusca intensificación de sus posibilidades perceptivas aportará un poco de solaz a su vida en este período de incertidumbre planetaria, próximo a la recta final.

NUEVAS AVENTURAS

Durante sus paseos por el Sentier nuestro ermitaño se conduce como un jubilado cualquiera. Camina despacio, deteniéndose a contemplar cuantos sucesos, detalles o espectáculos atraen su voluble atención: la meada selectiva de un perro, una mendiga borracha y abotargada, los desiderata, denuncias y vindicaciones pintados en las paredes. Cuando sube la pendiente suave de la Rue de la Lune, adusta como un decorado de cartón-piedra, comprueba a diario que siguen indemnes: para su gran satisfacción personal, las porteras y vecinos de los vetustos inmuebles han renunciado definitivamente a borrarlos.

Si se cansa de hacer el turista —reproducimos aquí, como habrá advertido el lector, la irónica expresión de su propia mujer—, va a alguno de los cafés del bulevar donde suelen darse cita los numerosos grupos exiliados, revolucionarios o contrarrevolucionarios, acogidos a la amalgama y anonimato de la barriada. En la terraza o interior del café-estanco hay Lobos Grises y militantes de Dev-Yol, independentistas kurdos y armenios, emigrados eritreos y namibios, separatistas beréberes y croatas, amén de otros corrillos y peñas misteriosos de aleatoria y difícil identificación. Con sus gorras, bigotes, chaquetas de cuero, discuten en los diferentes apartados y mesas con aire inequívocamente conspirativo.

Entre los refugiados inmersos en la algarabía del lugar, el anacoreta siente especial predilección por los rutenios, un pueblo, una nación subcarpática, cuya desdichada situación geográfica ha condenado a lo largo de los siglos —como Catalunya o Macedonia— a ser frecuente y viciosamente violada por

94

sus más poderosos y perversos vecinos: ucranianos, húngaros, checos, rusos, polacos. Uno de los sombríos y feroces contertulios barbudos, le había pasado una vez un folleto explicativo del martirio histórico de su patria: pese a los buenos deseos y promesas de la Virgen patrona —una imagen de madera ennegrecida por los años—, su población ha sido sojuzgada regularmente con cínica impunidad. Como uno de esos sardanistas afanosos que aprovechan cualquier oportunidad de enseñar a los deslumbrados forasteros procedentes de Canadá o Dinamarca la dansa més bella de totes les danses que es fan i es desfan, el rutenio había prometido desvelarle la esencia de la música nacional, la belleza ignorada de su idioma, todas las particularidades y características —tan inconfundibles como únicas— que configuran el alma e idiosincrasia rutenias. Pero nuestro solitario no lo ha vuelto a ver: su tertulia se había disuelto o bien había perecido violentamente, víctima de algún terrible ajuste de cuentas.

Coincidiendo con su eclipse, ha surgido un nuevo y extrañísimo grupo, racial, vestimentaria y lingüísticamente inidentificable, que se reúne en el rincón más oscuro del café-estanco, voluntariamente al margen del bullicio y parloteo de los demás agitadores y militantes: sus miembros permanecen casi siempre en silencio y escriben de vez en cuando cifras y mensajes sobre los boletos del Tiercé. ¿Serán acaso esos activistas otekas, cuyo sibilino mensaje ha aparecido últimamente en algunos revoques y muros?. El solapado fisgón no está seguro. Mientras finge

95

abstraerse en la lectura de France Dimanche, aguza
el oído y procura captar los escasos sonidos de su
pausada y críptica charla. El individuo más joven le
mirará de pronto con fijeza, examinará a su vez con
minuciosidad su rostro e indumentaria, parecerá
buscar un pretexto para acercarse a su mesa y, una
vez obtenida lumbre, por ejemplo, para su cigarrillo
de marihuana, entablará rápidamente conversación.

Él: ¿Pertenece usted al Ejército Popular de Liberación Yacuto?
Tú: Según creo, usted...
Él: No tema nada. Está aquí entre amigos. Tengo la
misión de entregarle seis kilos de goma dos y un manifiesto dirigido a la opinión pública.
Tú: Bueno, yo, en realidad...
Él: Ya conoce usted la consigna. Esta noche, a las
nueve en punto, en la decimocuarta fila de butacas
del cine porno junto a la Porte Saint Denis contac-
tará con nuestra agente y recibirá el paquete y las
octavillas.
Tú: Me parece que...
Él: La reconocerá enseguida. Irá vestida de niña, con
tirabuzones, un traje blanco festoneado y sandalias,
como Agnès; y ahora márchese usted procurando no
llamar la atención. Sobre todo sea prudente: cualquier indiscreción podría costar muchas vidas.

Te levantas, pones el periódico bajo el brazo, te
ajustas con naturalidad el sombrero, extiendes bien
la bufanda entre la chaqueta y el impermeable, cruzas la sala con paso resuelto, sorteas la cola de los

compradores de cigarrillos, te diriges hacia la puerta cuando oyes gritar a alguien detrás de ti, escuchas unos pasos precipitados y sientes que te tiran enérgicamente de la manga.

No es el evanescente conspirador oteka sino el camarero: como siempre que flipa bajo la influencia del porro, nuestro héroe se había olvidado de pagar su diábolo-menta.

EN LA PENUMBRA

Llegados a este punto, no es preciso admitir que la gama de ocupaciones e intereses del andoba es más bien limitada: callejeos maniáticos, obsesivos, casi perrunos por el Sentier; visitas extravagantes y erráticles a asambleas y morabitos; lecturas poco recomendables, recopilación de recortes de prensa, fantasías epistolares, escucha indiscreta de las conversaciones de su mujer. La contemplación del plano del metro le absorbe durante horas: la simultaneidad espacial le hace olvidar el rigor avaricioso del tiempo, esa vía estrecha, en sentido único, que necia e inexorablemente le empuja desde atrás. Cuando baja a la estación de Bonne Nouvelle y toma por ejemplo la línea de Balard, se acomoda, si hay sitio, junto a la ventana y observa, arrobado, el paisaje del túnel. Con seriedad y aplomo increíbles, sostiene que es el más ameno, variado y romántico de toda la parte norte de Francia.

A la lista de las actividades ya mencionadas, nos permitiremos añadir otra: el cine. Esta afición, que habíamos mantenido hasta ahora semioculta, podría hacer concebir al lector la ingenua esperanza de que menda ha preservado junto a sus raptos sufís una pequeña y tierna esfera de inclinaciones y gustos artísticos. Él, que aborrece cordialmente el teatro y no ha puesto los pies en su vida en una exposición de pintura, podría ser en efecto uno de esos fieles y abnegados cinéfilos capaces de hacer cola bajo la nieve para asistir al pase de alguna de sus películas favoritas. Las posibilidades de la vasta ciudad en la que vive tocante a la materia son, como es notorio, objeto de pasmo y envidia en el mundo entero. Basta consultar Pariscope o cualquier otra guía de espectáculos de la semana para experimentar esos sentimientos de felicidad y embriaguez que daría a un pobre y desdichado habitante de Calatayud o Almansa el libre acceso a un vasto y fabuloso harén. Si fuera medianamente abierto y sensible, podría ver en verdad una buena cincuentena de filmes de calidad, que saben combinar hábilmente el interés de la acción, el ritmo narrativo y la soberbia interpretación de los personajes: volver a disfrutar, digamos, como en los tiempos en que frecuentaba el Instituto Francés de su ciudad natal, de algún filme de Carné y Prévert, como «Les enfants du paradis» o «Les visiteurs du soir»; revivir las emociones juveniles que agitaban su alma —antes de que se arrugase y empequeñeciera hasta convertirse en lo que es hoy: una pasa de Málaga—, con el lirismo exaltado del «Potemkin» o «Tempestad sobre Asia»; tomar su línea de metro favorita, Clignancourt-Porte d'Orleans, y trasladarse al barrio Latino, para elegir uno de los filmes raros y secretos proyectados en las salas de Arte y Ensayo que tanto excitan a la cofradía de entendidos y a ese público exquisito de locas que visionan por vigésima vez una obra sólo por un genial contraplano de Welles o una leve palpitación muscular de la arrugada y severa mejilla de Bogart.

Pero no ocurre así y preferimos advertir inmediatamente al lector para que luego no se sienta decepcionado. El presunto cinéfilo se desinteresa del todo de esa clase de filmes cuya constante reposición confiere a la ciudad su puesto privilegiado de guía y antorcha del mundo de la cultura: visita tan sólo las salas porno que tanto abundan en su barrio y cuyos programas, exhibidos a lo largo de los bulevares, ofrecen títulos tan atractivos y estimulantes como «Éxtasis colectivos», «Bananas mecánicas», «Lenguas expertas» o «¡Tápeme usted los tres agujeros!». Enfundado en su impermeable y con el eterno sombrero de fieltro, se dirige al cine contiguo a la Porte Saint Denis, abona el precio de la entrada, baja la tenebrosa escalera que lleva al sótano, sigue el rayo de luz de la acomodadora, ocupa una butaca solitaria y desvencijada. ¿Habrá tomado en serio la cita del sombrío revolucionario oteka? Dada la oscuridad del lugar, no nos consta que se haya instalado en la decimocuarta fila ni podemos distinguir a ningún agente secreto vestido de niña, con tirabuzones, trajecito blanco y sandalias: se ha repantigado en su

asiento y contempla con despego y aparente anafro-
disia la trabajosa, interminable jodienda de un individuo que, después de bajarse al pilón con una hem-
bra de pubis copiosamente forrado, ofrece en primer
plano el torpe vaivén, musicalmente acompañado
con valses de Strauss, de sus enormes y velludas nalgas. Mientras algunos espectadores suspiran y parecen urdir un nada misterioso tejemaneje con la bragueta posiblemente abierta, él lozano y orondo
como fruta recién traída del campo. Su fantasía, des-
cubrimos, es mucho más retorcida y aviesa: meter
desde la contera hasta el mango, entre la raja del
resollador y abominable sujeto, el dispositivo entero
de su paraguas.

INTERPRETEN CORRECTAMENTE A MARCUSE

Bruscamente, la revolución. La interminable y
hasta ahora paciente cola de espectadores, que
aguarda con su prole el anhelado momento de entrar
en el Rex, se ha puesto en marcha, empuja las barreras metálicas, manifiesta una creciente indisciplina,
abuchea, aúlla consignas, invade la calzada, establece contacto con los transeúntes, expone sus quejas y reivindicaciones, fraterniza con quienes parecen simpatizar con su causa, increpa a recalcitrantes
y opositores, alza el puño, entona himnos, apedrea a
los automóviles. Agitadores disfrazados de Pato Do-

nald, Pluto o Mickey Mouse se han infiltrado en la multitud, distribuyen folletos incendiarios contra el orden reinante, arengan elocuentemente a las masas, denuncian su estado de alienación y miseria, la injusticia general que caracteriza el sistema, proclaman la imperativa necesidad del cambio, la conquista de un mundo nuevo y armonioso, de una sociedad abierta al sueño y la esperanza, en una palabra, el acceso a esa dinámica que impulsa la brusca aceleración de la Historia, da un salto cualitativo al mañana y sustituye la realidad de un presente gris y zafio con un modelo ya existente, en otras latitudes, en tecnicolor fabuloso: Disneylandia.

Enardecida por los discursos de los provocadores, la muchedumbre comienza a destrozar escaparates, vuelca autobuses y furgonetas, arranca adoquines y papeleras, corta árboles, improvisa barricadas, prepara cócteles molotov, se enfrenta a las fuerzas represivas. Para evitar una posible identificación en las fotografías, los cabecillas se cubren el rostro con máscaras de osezno, conejito o ardilla: quemarán cubos de basura y neumáticos, arrojarán proyectiles a las brigadas de choque de la gendarmería armadas de gases lacrimógenos y protegidas con escudos y cascos. El bulevar se ha convertido en un gigantesco campo de batalla, lleno de furia y zumbido: mientras los donaldistas y dumbistas más radicales ocupan y saquean los locales del respetable periódico gubernamental de la esquina —ese Humanité que tan admirablemente encarna los ideales y anhelos de la pequeña, unidimensional burguesía— la turba de hinchas de Bambi o los «Ciento y un dálmatas» rechaza al adversario de clase hacia el moderno edificio de Correos, acepta por razones de estrategia el apoyo de grupos minoritarios y potencialmente peligrosos —que habrá que eliminar más tarde, una vez llegada al poder— partidarios del gato Fritz o Asterix, moviliza energías y apresta sus fuerzas para el asalto final al Palacio de Invierno.

Refugiado en su antro, a salvo de bombardeos e incendios, el perspicaz gurú de la imparable revolución de los ochenta consulta a los astros para determinar el momento más favorable a la realización del ideal disneyista: los idus de mayo.

¡NO ESTAMOS DE ACUERDO!

El estrafalario vecino de la Rue Poissonnière vino al mundo hace medio siglo un día cinco de enero a última hora de la tarde: es, por consiguiente, un capricornio. Los nacidos bajo este signo tienen justamente fama de obstinados, secretos y taciturnos: no en vano, el bigotudo padrecito de los pueblos fue uno de ellos. Pero el año que corre —como apunta certeramente la especialista del periódico con quien se asesora— reúne una serie de rasgos y características propios.

El veintiuno de diciembre, el sol ha entrado en la fracción de la eclíptica comprendida entre 270° y

300º, recorriendo el signo capricornio hasta el veinte de enero a las diez y treinta y dos minutos, hora en que pasará a Acuario. En contra de lo que suele creerse, los nativos de este signo zodiacal no son sólo los caballeros de la Triste Figura que describen los astrólogos a causa de su dependencia del tenebroso Saturno. Pertenecen también, con frecuencia, al rebaño de los obsesos del sexo. Tras su exterior glacial, queman como la nieve. Les vemos subir y bajar la escala social, pero mantienen la pupila atenta a la realidad cotidiana. Estos extranjeros que vienen del frío nacen viejos. Su existencia es un proceso de decantación permanente para escapar a los automatismos. Su vida sentimental constituye a menudo un fracaso, pues no saben conservar largo tiempo las ilusiones. Su corazón es un lúgubre alcor solitario. Son jefes o solterones innatos y cuando se sienten mejor es en la tercera edad: guardando silencio para captar el misterio del que han nacido y al que orgullosamente volverán en su postrimería helada.

Nuestro saturnino amanuense recorta y copia amorosamente el dictamen de la enigmática «Krista»: ¡por primera vez desde que nos ocupamos en él ve reconocidas, al fin, las para nosotros muy dudosas cualidades de grandeza y sufrimiento de un alma supuestamente romántica!

Cuando el audaz e imperioso otomano derrame sangre polaca y la tiara ceda a los embates de la medialuna, la hoz del Este segará la naciente rosa roja y la conjura bolchevique y mora rematará el magnicidio en Lión. París, Viena, Aquisgrán serán incendiadas. El líbico emblema ondeará triunfante en Sevilla y el tártaro recibirá al Anticristo en la sede humillada de Pedro. Un terremoto asolará a las naciones cristianas: Lisboa y Nápoles desaparecerán. Única isla de salvación en un piélago de mortandad ilimitado: tu propio barrio.

Cuando un feroz grupo de bandoleros al mando de un barítono con mostachos secuestre pistola en mano al Gobierno en pleno Congreso de Diputados y el colorido elenco de actores ofrezca urbi et orbi, en eurovisión, las primicias del pintoresco espectáculo, Escamillo, Carmen, Don José restaurarán el viejo orden castizo de tricornios, manolas y majos. Caprichos y desastres de Goya cobrarán súbita y brutal realidad. Liberales, masones y rojos serán definitivamente extirpados. Único farallón indemne en el mar de barbarie, chulería y desdén: el bunker-refugio de la Rue Poissonnière.

Contrariamente a lo que reza su horóscopo, nuestro misántropo no pretende ni ha pretendido nunca eludir ningún automatismo: es, al revés, un individuo de costumbres maquinales y fijas, de reflejos dignos del perro de Pavlov. Se levanta, pasea, come, duerme la siesta a horas regulares; repite itinerarios consabidos; se detiene a menudo en los mismos sitios y, una vez se habitúa a cualquier cosa —un cine, un café, un plato de comida—, acepta difícilmente la menor variante. Acostumbrado, por ejemplo, en los USA, a que las puertas vidrieras se abran electrónicamente a su paso, como al conjuro de una fórmula mágica, bastará con que el dispositivo de alguna no opere para que, ante el discreto regocijo de los presentes, se dé violentamente de narices con ella y permanezca unos segundos borracho, abrumado con la injusticia del batacazo.

Posee en cambio, y en alto grado, las características de torpeza y lentitud saturninas. No sabe hacer nada con sus manos, y el más nimio incidente o problema doméstico le deja anonadado y confuso: es incapaz de cambiar una llanta, componer un enchufe, preparar un café, hacerse un huevo frito. Su desconocimiento de la mecánica y, en general, de todas las artes de bricolaje, alcanza extremos increíbles: de haber sido cortada con el mismo patrón que él, la desdichada humanidad no habría descubierto el fuego ni inventado la rueda, vegetaría aún en la ignorancia más crasa. En verdad, como solía recordarle su esposa en épocas de anterior militancia, había nacido para señorito.

Resulta realmente cómico —y también algo patético— su forcejeo diario con los objetos: llaves, sacacorchos, abrelatas, cremalleras, agujas. Cuando sus reiteradas y cada vez más frenéticas tentativas de abrir, digamos, el paraguas fracasan de modo lamentable, nuestro capricornio se siente embargado por sentimientos de frustración e impotencia, atribuye el episodio a una turbia conspiración mundial contra su inteligencia y si el maldito artilugio resiste y se empeña en burlarse y desafiarle, empezará a golpear con él las paredes con rabia demente, a falta de no poder hacerlo en la cabeza de los compasivos viandantes. Como ese anciano que, después de bregar desesperadamente con la solidez y constancia de un filete, duro como una suela de plástico, se lo saca de la boca al mismo tiempo que la dentadura y dice a ésta con sarcástico retintín, que se lo coma, si quiere, ella sola, el silencioso, ensimismado vecino de la Rue Poissonnière, después de una serie de mandobles y porrazos a la inocente fachada de su inmueble, arrojará su porfiado enemigo al suelo y lo empujará a patadas, como un poseso, a la alcantarilla más próxima.

Hay que verle también plantado en medio de la calle como un bobo, con el impermeable, el sombrero y las gafas, mientras contempla la zanja de obras públicas en la que, desde hace unas semanas, trabajan media docena de moros, sin advertir que su cachazuda presencia obstaculiza la maniobra de una furgoneta, hasta que el chófer, nervioso, da un claxonazo y, con sobresalto grotesco, le obliga a saltar al arroyo. Quien le haya pillado alguna vez en trance tan ridículo, no podrá sino coincidir en el sardónico juicio de su mujer: cada día se está pareciendo más a su tío Eulogio.

ESPACIO EN MOVIMIENTO

Llegados a este punto de la mal hilvanada y dispersa narración, no dudamos de que la vasta legión de admiradores de la Ciudad Luz se sentirán defraudados en sus legítimas esperanzas de ver reflejados en aquélla los lugares, personajes y tópicos que conocen y aman. En vez de frecuentar, por ejemplo, los medios artísticos, refinados y elegantes que tanto fascinan a los héroes novelescos de Carpentier o Cortázar —esos patriotas revolucionarios perdidamente enamorados de Francia y todo lo francés—, nuestro atrabiliario sujeto, cuando no toma el metro y se pierde en un adocenado y vulgar laberinto de pasillos, escaleras y enlaces, recorre espacios sin solera literaria alguna y en los que por contera apenas se escucha la lengua vernácula. Ni por asomo le veréis en esos cafés del Barrio Latino, Montparnasse o Saint Germain des Prés, llenos de exiliados latinoamericanos y autóctonos con su correspondiente diploma de Beaux-Arts o l'Ecole del Hautes Etudes o pasear en calesa por una de las hermosas avenidas que convergen en la Estrella, en compañía de Reynaldo Hahn u otro asiduo del clan Verdurin. El París de los Borbones y Bonapartes, planificado y neutralizado por sus arquitectos con vistas a posibles explosiones sociales, no le impresiona ni poco ni mucho. Las grandiosas perspectivas de cartón piedra, sus edificios conminatorios y adustos, le dejan de hielo. Lo que le atrae —y responde a sus gustos lamentablemente groseros— es el París alógeno, poscolonial, barbarizado de Belleville o Barbès, un París que no tiene nada de cosmopolita ni culto, sino iletrado y meteco.

El hormigueo de la calle, su frondosidad creadora, le procuran diariamente un espectáculo continuo, variado y gratuito. En la Rue d'Aboukir o la Place du Caire, como en la Porte de Clignancourt o la Goutte d'Or, saborea la presencia fluida e incesante del gentío, su movilidad desordenada, su diáspora febril por la rosa de los vientos. La paulatina deseuropeización de la ciudad —la emergencia de zocos y hammams, venta ambulante de totems y collares, pintadas en árabe y turco— le colma de regocijo. La complejidad del ámbito urbano —ese territorio denso y cambiante, irreductible a la lógica y programación—, invita a cada paso a trayectos versátiles, que tejen y destejen, lienzo de Penélope, una misteriosa lección de topografía. Los modestos ilotas de la difunta expansión económica han traído con ellos los elementos e ingredientes necesarios a la irreversible contaminación de la urbe: aromas, colores, gestos, un halo de amenazadora proximidad. Nuestro excéntrico personaje ha advertido que no es necesario coger el avión de Estambul o Marraquech en busca de exotismo: basta con salir a estirar las piernas para topar inevitablemente con él. La transparencia y brutalidad de las relaciones sociales del Sentier, su creciente confusión de lo público y lo privado, configuran lentamente un mapa de la futura ciudad bastarda que será al mismo tiempo el mapa de su propia vida. Los cartones y barajas con que los fulleros de Xemáa el Fna sonsacan los cuartos a los incautos, han bajado desde Barbès a las aceras del bulevar y se extienden poco a poco, como una plaga, por los barrios concurridos por el gran mundo. La megalópolis moderna vive ya a la hora de Bizancio: con un poco de suerte, se dice, llegará el día en que los verá confluir por los tentáculos de l'Etoile hasta los pies del sacratísimo Arco de Triunfo.

EN EL PARÍS DE LOS TRAYECTOS QUE SE BIFURCAN

Para visitar el polígono estrellado que nuestro hombre contempla en el plano distribuido gratuitamente a los usuarios de la Red Metropolitana de Transportes, el turista o curioso situado en el círculo blanco correspondiente a Bonne Nouvelle puede tomar la línea 9 dirección Balard, cambiar en Concorde, seguir el indicador de Pont de Neuilly, apearse al cabo de cuatro estaciones. O, si lo prefiere, elegir el andén inferior de Pont de Sèvres, bajar en Franklin D. Roosevelt, zigzaguear entre los mosaicos, pintadas y anuncios de un largo pasillo, aguardar la llegada del convoy en el que quizás un siniestro argentino canturrea una milonga acompañándose con la desabrida guitarra. O, puesto que dispone de tiempo y, por algún motivo particular, la línea de Pont de Levallois secretamente le atrae, abandonar el vagón en Havre-Caumartin, viajar a Villiers, ir detrás de la flecha de Porte Dauphine, emerger por fin a la luz del día en cualquiera de los doce chaflanes de la plaza.

O Aún...

El metro de París, como el espacio en el que se inscribe su ajetreo diario, es vasto y rico en posibilidades: ramificaciones, encrucijadas, pasajes, trayectos de una sola dirección, desvíos, parábolas, media vueltas, elipses, cuppos di sacco. Examinar el plano del metro es ceder al recuerdo, evasión, desvarío; abrirse a la utopía, la ficción y la fábula: recorrer los monumentos, abominaciones y horrores de la ciudad, los monumentos, abominaciones y horrores propios, sin necesidad de moverse de casa.

El turista que visita l'Etoile puede hacerlo por gran variedad de motivos: subir a lo alto del arco y contemplar la hermosa perspectiva de los Campos Elíseos; escuchar las explicaciones del guía sobre el origen y vicisitudes del popular monumento; asistir a la emotiva ceremonia en la que los excombatientes reavivan la llama; o bien, como fue el caso de un desenvuelto viajero transalpino, para sacar inopinadamente una sartén de la mochila, poner en ella unas gotas de aceite, arrimarla a la flama y hacerse un huevo frito.

El protagonista de nuestro relato —identificable a distancia gracias a su impermeable y sombrero de fieltro— escucha con ese aire suyo de ausencia y lejanía, de estar pensando siempre en otra cosa —afortunadamente para él no ha sido inventado todavía el detector de ideas—, el discurso un tanto teatral, innecesariamente enfático de un cicerone cuya principal particularidad física es la enorme verruga, casi el bulbo, que obscenamente le crece entre las cejas.

La idea de embellecer la actual Place de l'Etoile mediante la edificación de una obra grandiosa se remonta nada menos que a la época de Luis XV, cuando el ingeniero (¿había ya ingenieros? se pregunta) Ribart de Chamont propuso erigir en 1758 un elefanfe triunfal rematado con la estatua del monarca... Durante las obras de allanamiento de la colina entonces existente en el lugar en que nos hallamos, Gabriel y Perronet (nuestro héroe se había agachado días antes, como para anudarse el inexistente lazo de sus mocasines, en la acera de la Avenue Gabriel a espiar en realidad a una niña que orinaba inocentemente en cuclillas, con las braguitas tiradas hacia los muslos) propusieron construir en el centro un obelisco de mármol blanco... En 1798, el ministro del interior abrió un certamen para escoger el motivo de decoración de la plaza: concurrieron a él trece proyectos, entre ellos el de la reproducción de una graciosa vulva impúber (él seguía aún mentalmente en la Avenue Gabriel)... Por fin, Napoleón, a su regreso de Austerlitz, ordenó que...

Pero sus palabras —y las divagaciones erráticas de nuestro héroe— son paulatinamente sofocadas por la charanga militar y la convergencia en torno a la sagrada llama de multitud de delegaciones venidas de todos los rincones del país con sus banderas, escudos, emblemas y trajes regionales: alsacianos, gascones, normandos, saboyanos, aglutinados en núcleos vistosos, con sus tocas, blusas, faldillas, calzones, abarcas. Instrumentos musicales también: cornamusas, gaitas, tambores, platillos. Camarógrafos de la televisión filman su llegada sucesiva mientras ocupan el lugar asignado por el febril maestro de ceremonias: formando círculo alrededor del sepulcro donde fuera inhumado un día veintiocho de enero el célebre Soldado Desconocido. Sesenta años atrás, cuando la gran mayoría de los aquí presentes no había nacido aún, un hijo de esta noble tierra vertió generosamente su sangre por nosotros, sí, nosotros, para que los representantes de las generaciones que iban a sucederle pudiéramos pronunciar con orgullo el nombre bienamado de la patria. El orador ha acallado la charanga y, en un rapto retórico, tutea al Desconocido y anuncia que pronto, en cosa de minutos, dejará de serlo: el tiempo de levantar la lápida que lo cubre e izar solemnemente su féretro. ¡Un pool internacional de gigantes de la edición ha decidido publicar conjunta y simultáneamente en veinte países una biografía ilustrada del Soldado destinada a convertirse, en razón de la lógica expectación reinante, en el best-seller del siglo! Sus ofertas, transmitidas a los responsables culturales por otros tantos superagentes, han barrido a fuerza de royaltis y derechos de explotación secundarios los últimos reparos y dudas del Gobierno. Las inversiones necesarias al lanzamiento y gastos publicitarios ascienden a varios millones de dólares y se rumorea que el negocio interesa asimismo a los ejecutivos de una poderosa multinacional. La baza que se ventila es mayúscula: la región a la que perteneció el ilustre Soldado saldrá beneficiada no sólo en términos de honor y gloria, sino también de actividad industrial, comercio, turismo y artesanía. Centenares de miles de visitantes acudirán a su patria chica; recorrerán devotamente en zapatillas, para no arañar el suelo, las modestas pero pulcras habitaciones de la casa en que nació; adquirirán en los proliferantes almacenes consagrados al culto del héroe gran variedad de recuerdos y gadgets: camisetas y gorros con su efigie, ceniceros y bustos conmemorativos, pisapapeles de cristal con el paisaje del pueblo, botellines de licor con su nombre, posters en blanco y negro o color, discos, medallas, tarjetas postales. Restaurantes y hoteles serán bautizados en función de sus señas personales y efemérides: el menú turístico aconsejado a los clientes incluirá sus platos favoritos o reproducirá exactamente los que consumió el día en que besó por última vez a su madre. Superproducciones Gaumont-Hollywood-Cine Cittá filmarán los episodios más notables de su carrera en interiores y escenarios auténticos. En la arrebatiña que seguirá a la divulgación de los rasgos y detalles de su vida más íntima, editores de menor cuantía espulgarán el círculo parental, amistades, reclutas, flirteos, en busca de elementos susceptibles de originar addendas, comentarios, glosas, revisiones, polémicas. Sin olvidar, claro está, al público infantil: desde el soldado de plomo al tebeo. Un mercado de infinitas ramificaciones, cuyo producto bruto resulta difícil de evaluar. Las distintas delegaciones aguantarán con meritorio estoicismo la exasperante lentitud de la ceremonia de exhumación: el dictamen médico-histórico puede acabar en lo que dura un guiño con el atraso secular de la comarca o su coyuntural economía deprimida. Mientras promotores inmobiliarios y comerciales se previenen para la compra inmediata del área agraciada con equipos de telecomunicación portátil, los aficionados al Tiercé o las quinielas inauguran el turno frenético de las apuestas:

Será bretón.

Será picardo.

Será corso.

Será provenzal.

Será angevino.

Las músicas han cesado y el silencio impresiona. Ancianos cargados de medallas y condecoraciones obtenidas en alguna de las dos guerras mundiales, África e Indochina, miembros y simpatizantes de las milicias patrióticas de Charles Martel con sus emblemas y estandartes, turistas japoneses venidos en package-tour retienen el aliento y se oye volar a un mosquito y tres moscas: guardias municipales en uniforme de gala y chascás gloriosamente emplumado están depositando el ataúd sobre el embaldosado de mármol. Con gran solemnidad, conscientes de la trascendental importancia de sus gestos y movimientos, proceden a retirar las clavijas y puntas que aseguran el cierre de las esquinas reforzadas de la caja. Cuando al fin abren ésta y levantan la tapa, sus rostros reflejarán al punto una mezcla de incredulidad y desconcierto. El maestro de ceremonias se precipita a mirar y cae fulminantemente desvanecido.

El interfecto

¡Dios mío!

¡Qué horror!

¡No puede ser!

¡Quién lo hubiera dicho!

bueno, el Soldado Desconocido se llama, es decir, pudiera llamarse, por ejemplo, Samba Konté, Moriba Sidibem o Seku Kamasoko, pues, como el regocijado visitante del morabito se apresura a comprobar de visu, es, maravillosamente conservado por cierto, con dentadura y todo, un robusto negro.

Pánico, confusión, gritería. Escombatientes y turistas sollozan y los milicianos de las falanges de Charles Martel juran borrar con sangre la afrenta.

¡En medio del llanto y desesperación generales, el pool de editores y superagentes decidirá entrar inmediatamente en contacto con el autor de «Raíces»!

DE NUEVO EN LOS PAPELES

Lectores de la Biblioteca Nacional: enterrados en el mausoleo de la cultura, vagáis por pasillos y salas de lectura como sonámbula hueste de espectros. Examinad la palabra Tumba inscrita en la pared, a la derecha de la entrada, Rue de Richelieu; pensad en que al cabo de un tiempo moriréis de una vez: ¿no sería mejor instilar algo de poesía en vuestras vidas, antes de pudriros también, como los libros y manuscritos que leéis, en otro vasto y crepuscular cementerio?

En el silencio fúnebre que os envuelve, eruditos pacientes, necrófagos ápteros, carcomen y devoran, como múridos, el saber programado. Parásitos de la historia, insectos de la filosofía, emulan las hazañas de la polilla. Como en hospitales y salas de disección,

116

el aire apesta a yodo y formol. ¿No sentís deseos de emerger a la luz, percibir los aleteos del corazón, captar la brusca palpitación de la sangre? Abandonad el yermo sepulcro. Escuchadme.

Sin necesidad de introducir y espachurrar puñados de moscas entre las páginas de los clásicos, como cierto oscuro y maligno escritor en una modesta biblioteca de Tánger, podéis liberaros no obstante de vuestra torpe e inútil melancolía. Seguid, como yo, a una niña —Ina, Magdalen, Agnès, Dora— a alguna de las salas vetustas y sentáos frente a ella en la mesa, atrincherados con un muro de libros de consulta, procurando que el haz de la lámpara os mantenga discretamente en la sombra. Mientras ella recorre las páginas de algún manual piadoso o devocionario, exquisita en su traje de Primera Comunión, con velo y toca inmaculados y blancos, verificaréis que su atención se centra, por ejemplo, en el contenido de dos obras alevemente incluidas en la selección de lectura infantil: «Nuestra Señora de las Flores» y «El milagro de la rosa». La adorable criatura absorberá las crudezas y obscenidades del texto con inefable candor. Sorpresa, interés, rubor, pasmo, se pintarán sucesivamente en su expresión, colorearán las delicadas mejillas. Su rostro soñador, las manos inmóviles en el regazo, la tela arrugada del vestido sugieren la existencia de una sensualidad naciente, tal vez la velada invitación a un dios todavía desconocido: algo como para robar el sueño al imaginario catador y estimular súbitamente su apetito. ¡Es el momento ideal para dejar caer una estampita a vuestros pies y suplicar que la recoja con sabia y bonachona sonrisa! Abriréis entonces la gabardina y se la enseñaréis: ¡en aquel lúgubre panteón del deseo, la dulce chiquita de ojos claros experimentará, estad seguros —y os lo hará compartir a vosotros también—, la emoción más terrible e intensa de su vida!

EN LA COLA DEL REX

Todo en tecnicolor: chalés de madera con césped regado por surtidores giratorios, arriates de flores de exuberancia tropical, arbustos cuyas hojas caídas serán inmediatamente aspiradas por dispositivos ocultos en los setos vegetales, buzones como relojes de cuco o casitas de cuento de hadas, perreras cariñosas de aspecto familiar. Hogar igualmente dotado de las comodidades modernas: electrodomésticos, moqueta, luz indirecta, miniprogramadores, circuito de televisión interior. Tus vecinos se llaman Mickey, Pluto y Donald, Bambi, Ruki o Rox. Ardillas joviales brincan entre los árboles, los ciento y un dálmatas retozan traviesos en el vasto y diáfano jardín comunal. Gatitos de lana, oseznos de felpa emulan en obsequiosidad y cortesía con representantes de la especie ratonil y porcina. Las niñas carecen de rosadas y tentadoras lenguas, de pechos delicados y lábiles, de pubis conciso e inocentemente vernal. Los revolucionarios de mayo han instaurado el modelo de sociedad de sus sueños sobre las ruinas de la vieja e injusta civilización definitivamente barrida: el futuro ha sido amansado y el idílico cuadro en que vives es el de una felicidad sin complejos. Esparcimientos honestos, expansiones sanas, leve y espontánea alegría. Un solo detalle superfluo: tu puñetera picha.

LO DIJO YA PLATON

Has recibido una convocatoria de la Prefectura de Policía: un impreso rectangular en el que figuran tu nombre y tus señas así como la fecha y hora precisas en que debes presentarte ante el comisario. Desconoces del todo el motivo de la entrevista y mientras avanzas por el dédalo de pasillos y escaleras que llevan a su despacho abrigas la lisonjera esperanza de un cambio inesperado de estatuto; tu paso de residente Ordinaire —con los atributos de chabacanería, vulgaridad y plebeyez que acarrea— a la categoría superior del ilota asimilado y culto: el Privilégié.

Confirmando tus previsiones risueñas, el ujier a quien entregas la hoja te introduce en un pequeño salón con deferencia obsequiosa. Siéntese usted en el sillón, el comisario le recibirá en un instante. Arrellanado en la butaca, contemplas el ir y venir de los ordenanzas con sus misteriosos mensajes: también ellos se inclinan al pasar frente a ti, como ante un personaje importante. Aunque la espera se prolonga unas horas, el ujier acude de vez en cuando a disculparse y asegurarte que el jefe despachará contigo en seguida. Mientras la euforia inicial cede paso a una inquietud difusa, observas que varios obreros cruzan silenciosamente la habitación transportando toda clase de muebles: sillas, escritorios, mesas, archivos clasificadores. El traslado se lleva a cabo a un ritmo cada vez más rápido y uno de los empleados se detiene de pronto y sonríe con gesto de excusa: necesito llevarme el sillón, ¿no le importa acomodarse en el taburete? Dices que no, que no faltaba más, y, sentado en éste, asistes a las peripecias de una mudanza cada vez más ruidosa y frenética. Al cabo de unos minutos, la pieza queda completamente vacía y, abandonando su anterior cortesía, el individuo reclama también el asiento. No tienes más remedio que incorporarte y aguardarás de pie, con torpeza y desasosiego, el momento de ser conducido ante el comisario. Pero ujier y ordenanzas afables parecen haberse eclipsado. Ahora circulan policías con uniformes de la KGB o la Brigada Político-Social y algunos sujetos de paisano, hoscos y atareados. A veces, se asoman por la puerta y te contemplan fijamente, como si quisieran identificarte. Sí, es él, murmura uno de ellos. Alguien ha puesto un banquillo de madera adosado a la pared y uno de los policías tropieza contigo y, vivamente enojado, tú, quítate de ahí en medio, ¿no ves que estás estorbando?, te ordena sentarte en él. Le obedeces, con ansiedad creciente, cuando escuchas gritos e insultos en la estancia vecina y un grupo de policías arrastran a empellones y patadas a dos miserables descuideros pillados con las manos en la masa. Los chorizos se cubren como pueden de los golpes y son empujados al banquillo en el que estás tú. ¡El cinturón, el reloj, la cartera, los cordones de los zapatos, todo fuera, rápido! Mientras ellos acatan velozmente el ucase, intentarás adoptar en vano un aire remoto y distante. El ladrido del policía jefe te devuelve en seguida a la realidad: y tú, ¿qué coño esperas? ¿Yo? Sí, tú, maricón, ¿no me has oído?: ¡el cinturón, la cartera, el reloj, los zapatos! Creo que hay un error, he recibido una convocación de la Prefectura y. Mira, cabrón, tú ya me estás tocando los cojones: o haces lo que te digo o de la hostia que te arreo no te reconoce ni tu madre. De pie, descalzo, con los pantalones colgando, tratarás de explicar todavía que no has cometido delito alguno: que estás allí para entrevistarte con el comisario. Pero nadie te escucha, y los policías y paisanos que cruzan continuamente la habitación te miran de hito en hito y dan muestras de conocerte: es ése, estaba en el café con los otros, le entregaron un paquete de octavillas y le citaron en una sala de porno. Tú: no es verdad, no sé de lo que me están acusando, debe de haber una confusión. El confundido eres tú, majo: es inútil que niegues, hay muchos testigos; desembúchalo todo y te evitarás un mal rato. Le aseguro que. Mira, no nos hagas perder más el tiempo; estamos al tanto de tus actividades y tenemos toda clase de pruebas. ¿Pruebas? Sí, pruebas, había dos de los nuestros infiltrados en el comando oteka y te han reconocido formalmente, ¿no es cierto, Billy? Sí, es él, yo mismo le di la propaganda e instrucciones y me encargué de fotografiarlo. ¿Lo ves, majo?; no nos vas a decir ahora que no conoces este impreso. ¿Qué impreso? El Llamamiento a la Opinión Mundial, ten, léelo. Es la primera vez que lo veo en mi vida. Vamos, no seas ingenuo, ahora mismo acabas de imprimir en él las huellas: ¡un argumento irrecusable ante cualquier tribunal! Esto es un atropello, usted mismo me lo dio. Estamos en guerra, majo, y no nos vamos a andar con contemplaciones ni emplear guantes blancos; o aceptas colaborar con nosotros y revelar cuanto sabes o usaremos de otros métodos para hacerte cantar. Un sudor frío te escurre por la frente, tienes las manos heladas. ¿Qué quieren que les diga? Todo, majo, todo: desde la a hasta la zeta; no nos obligues a ser malos y sacar a luz tus debilidades y pecadillos, tus puntos flacos. No sé a qué se refieren, yo. Estamos al corriente, majo, Agnès, Katie, Isabel, todas las chavalitas; ¿qué diría tu mujer si se enterara? ¡Qué escándalo para los vecinos! Ven, te voy a presentar a dos de mis chicos que han seguido diariamente tus pasos por el Sentier. Voces, risas, exclamaciones, rostros joviales. ¡Mira quien está aquí! ¡El mismísimo Reverendo! ¡Joder, claro que es él! ¡El sombrero! ¡La gabardina! ¡Las cartas! ¡Las fotografías! Anda, majo, es absurdo que intentes negarlo, te tienen fichado. Podríamos denunciarte, si quisiéramos, al Tribunal Tutelar de Menores, pero no lo haremos a menos de que tú, con tu tozudez, nos obligues a ello. Lo que nos interesa es lo otro: tus contactos con la organización oteka, el nombre de sus dirigentes, lo que concierne a sus planes. Esos que aúllan al lado han sido más tontos que tú: ha habido que meterles en la bañera. Sé razonable: ayúdanos y te ayudaremos. Escribe cuanto sepas y, si no sabes nada, inventa. Recuérdalo: un buen relato ficticio vale por cien verdaderos si respeta mejor que ellos las leyes de la verosimilitud.

INTERMEZZO TELEVISIVO

A veces, en sus vagabundeos perrunos por el Sentier, nuestro capricornio se detiene a tomar un refresco en el despacho de bebidas del carbonero. Los parroquianos de éste —una docena y pico de indígenas, muy aficionados al consumo de calvados— se reúnen junto a la barra de cinc para comentar invariablemente a lo largo del día los pequeños acontecimientos y novedades que constituyen la habitual comidilla del barrio: enfermedades, accidentes, muertes, traspaso de locales, calaveradas de algún mayorista judío con una mujercita de escasa virtud. Luego, agotado el tema, puestos los puntos en las íes y las tildes en las eñes, la conversación de aquel pintoresco grupo de nativos y náufragos, como quien dice, en su propio suelo, deriva, también inalterablemente, a los cambios introducidos en la fisionomía del lugar por la paulatina y taimada penetración de los metecos: las pintadas incomprensibles de las paredes, el número increíble de morenos con quienes se cruzan en la calle, el mercadillo de braceros bangladesís y paquistaneses que transforma la Place du Caire y las galerías adyacentes en una ruidosa y abigarrada sucursal de Karachi o Tizi Uzú. Verlo para creerlo: mientras esa gente se infiltra en los hoteles y viviendas, ocupa la calzada con sus carritos atestados de cajas y carga o descarga mercancías frente a los pequeños, pero florecientes negocios de géneros de punto, peletería o confección, ellos, los aborígenes, se sienten cada día un poco más perdidos y extraños en la vasta e incontenible marea. Pronto seremos nosotros los extranjeros, repite uno de los bebedores de calvados acodados en el cinc: al paso que vamos, acabarán por hacerse los amos y echarnos afuera. Sus sombríos pronósticos y rencorosas quejas son avalados por los demás bebedores del grupo con taciturna resignación: sí, el Sentier ya no es el mismo de antes; ahora, los nativos se sienten ovejas en corral ajeno y el aspecto cada vez más exótico del barrio les llena de confusión. El día menos pensado cambiarán hasta los rótulos de las calles y, definitivamente avasallados, no tendrán más remedio que liar el petate o seguir el ejemplo de ese misterioso comando de adeptos de Charles Martel, cuya sonada victoria en Poitiers aparece evocada a menudo con tiza en los muros, bajo las pintadas en árabe. ¡La Resistencia, sí señor: como en la época de los alemanes!

La cháchara de los clientes se mezcla en la cabeza de nuestro melancólico personaje con la que mana del pequeño y antiguo televisor plantado en una esquina del local. La mujer del carbonero vive pendiente de él y no deja de mirarlo, como hipnotizada, mientras friega los vasos o sirve una nueva copa de calvados al viejo militante comunista o al jubilado de las gafas. Pero el chocolate que hoy le ha vendido el camello en un café del Faubourg Saint Martin es, probablemente, más concentrado y fuerte que de ordinario; bruscamente, percibirá el timbre de una voz que no tardará en reconocer como la propia y, al levantar la vista de la odiosa mesita de plástico en la que bebe su menta con sifón, se contemplará a sí mismo en la pantalla: resplandeciente, seráfico, recién condecorado, con la apariencia de uno de esos politiqueros antillanos que, con guayabera y bigote, imponían la marca de su irradiante sonrisa con anterioridad a la dinastía del Líder Máximo. Su imagen —según comprueba en seguida, aliviado— es la de un hombre brillante, de una serenidad a toda prueba y una buena educación sin un solo resquicio, que responde en un francés perfecto —y no con el lamentable acento suyo— a las preguntas más impertinentes que ha escuchado jamás: ¿qué diferencia haría, por ejemplo, entre usted y Rastignac? Nuestro héroe —el de la pantalla— sonríe como dando a entender que no hay grosería más detestable que la que abusa de la buena educación del adversario, y cambia elegantemente de conversación: según me consta por incontables conversaciones privadas, mi gran amigo, el Président Papus, se siente dolorosamente afectado por. Poco a poco, los periodistas que empezaron el programa predispuestos contra él se ponen de parte suya: nuestro héroe — el de la pantalla— evoca almuerzos con gente importante, recepciones oficiales en aeropuertos en el salón de invitados, las confidencias de Madame Papus, en petit comité, a un grupo selecto de amigos. Su lógica incisiva deshace argumentos e insidias de sus adversarios, sus ojos clarividentes, convencen y seducen. Nuestro héroe —el de la pantalla— modula admirablemente las erres mientras asciende a las alturas de la estratosfera, ligero y feliz como un globo aerostático.

¿El secreto de su éxito? —El apoyo constante de mi mujer.

Cuando la imagen se desvanece en el televisor, el ordinariamente silencioso individuo del rincón sorprenderá a los asiduos del carbonero con un fervoroso y contundente bravo, muy bien dicho, dirigido a sí mismo. Encandilado con el brillo de su propia victoria, decidirá in situ prolongar el serial, la saga de su vida, con la ayuda eficaz de un pastelito de maaxún.

NUNCA SEGUNDAS PARTES FUERON BUENAS

Como ese dormilón que, interrumpido en medio de su sueño por el timbre del teléfono, justo cuando se disponía a follar, por ejemplo, con Marilyn Mon-

126

roe, cuelga furiosamente el receptor a la abominable vocecita que pregunta por Perico de los Palotes, apaga la luz con rabia y se sumerge ansiosamente en el calor de las sábanas, confiando en la feliz culminación de su aventura, así nuestro héroe. Pero, del mismo modo que la presunta Marilyn es sustituida a menudo en tales casos por una criatura murgona y cargante, con todas las taras y resabios de la maldita esposa —con lo que la dulce quimera deviene inquietante o atroz pesadilla—, pese a la excelente calidad del maaxún que se procura, su brillante apoteosis televisiva cederá el paso a la realidad de un universo inhospitalario e ingrato: una casa de reposo de ancianos, fría y aséptica como una clínica.

EL SINDROME TOTAL

Estoy en un jardín, con otros escritores e intelectuales tullidos y decrépitos, paseando silenciosamente por el césped, bajo la mirada escrutadora de varias enfermeras corpulentas, protegidas con perros y cascos.

La cultura a la que pertenezco acaba de ser barrida por un azar de la historia —una posible hecatombe natural, quizás una malhadada explosión atómica—, y yo soy su único representante y testigo. Debo por consiguiente reunir mis fuerzas y concentrarme para emprender el difícil y laborioso rescate: salvar el recuerdo de lo que ha sido. Hay que compilar el léxico oteka, escribir una gramática y un diccionario, componer el largo poema de cincuenta mil versos que trace fielmente su epopeya, emular a Homero. Mi canto épico tiene que abarcar la totalidad de nuestro espacio cultural: los orígenes y mitos fundacionales, su evolución a lo largo de los siglos, el nombre y hazañas de los monarcas, las guerras con los pueblos vecinos, los triunfos y las derrotas, los usos y costumbres populares, la referencia a las creaciones autóctonas, una muestra antológica de sus diferentes estilos literarios y artísticos. Todo ha de quedar rigurosamente consignado antes de tu inevitable desaparición: teogonía, ritos, cocina, música, bailes, indumentaria. Sin olvidar, claro está, el código de conducta familiar e individual, las normas y tabús tocantes al sexo, la muerte, la virginidad o el honor.

Mientras camino abrumado con el peso de mi ingente responsabilidad de lingüista, poeta, gramático, etnólogo, científico e historiador, tocado con un gorro de dormir y vestido con un pijama cebrado, me cruzo con los representantes únicos de otras culturas igualmente extinguidas por la catástrofe, con gorros y pijamas idénticos a los míos: son rutenios o siboneyes, guanches o éuscaros, yacutos o catalanes. Nos saludamos con una cortés inclinación de cabeza, pero no estamos autorizados a dirigirnos la palabra —¿en qué idioma lo haríamos por otra parte?— por orden expresa de las enfermeras. El jardín de nuestra casa de reposo es como el patio desolado de una gran cárcel, y nos movemos con la inquietud y desorden de una colonia de insectos amenazada de inminente destrucción: alguien, desde arriba, se dispone a poner el pie sobre el hormiguero o anegarnos en recia y contundente meada. Nuestra aniquilación no plantea problema y puede pasar incluso inadvertida: el planeta es una minúscula y casi invisible verruga, que da vueltas y más vueltas alrededor de un enjambre de otras verrugas, flotantes en una densa y alucinante miriada de miles de millones de galaxias.

Las matronas ponen fin al recreo con un concierto de ladridos, voces, silbatos. Es la hora de ausentarse del mundo y ocultar la cabeza bajo el ala con irrisorio movimiento de avestruz. Los síntomas que diariamente se acumulan no dejan lugar a dudas: el apocalipsis, tu apocalipsis, ha comenzado.

CONSOLIDEN SU FUTURO

El nuevo despliegue de misiles de largo alcance por las dos superpotencias rivales y las perspectivas cada vez más claras de una inminente guerra nuclear plantean la dura necesidad de discurrir soluciones radicales, destinadas a garantizar para usted y su familia un máximo de confort y seguridad.

Construyan sin demora, al contado o a plazos, un refugio antiatómico familiar dotado de toda clase de comodidades modernas: dormitorios, living, sauna, discoteca, sala de proyección video. La perfecta insonorización y empleo de placas infusibles sobre los bloques de cemento armado les permitirán disfrutar de sus películas favoritas mientras a unos metros encima de sus cabezas la onda radiactiva barre todo vestigio de vida y arrasa en unos segundos propiedades e inmuebles. Objetivos ultrasensibles, conectados a un circuito de televisión, les tendrán sin embargo al corriente de cuanto sucede y podrán presenciar si lo desean la agonía de sus antipáticos vecinos paladeando conforme a sus gustos una deliciosa bebida fría o aderezando sin prisas su habitual güisqui on the rocks.

¡BORDEL DE MERDE!

¿Por qué los seres humanos no hablan entre sí? ¿Por qué rehúsan su anhelo íntimo de comunicación? ¿Por qué se encastillan obstinadamente en sí mismos? ¿Por qué se evitan en la escalera, en el ascensor, en la calle? ¿Por qué aprietan los labios y los cierran como valvas?

Nuestro héroe acecha las pisadas del corredor, audibles por el crujido del parqué y se precipita a espiar por la mirilla con la esperanza de percibir a su mujer: pero es el cartero con la correspondencia inútil cuyo destino inmediato será la basura; el cobrador del gas con su recibo trimestral; el mozo que revisa los contadores del agua; una muchacha con formularios de una encuesta sobre la industria automovilística; algún distribuidor a domicilio de prospectos o tarjetas de propaganda. Cuando el pasillo se vacía y escucha de nuevo el chirrido del cable del ascensor, regresa decepcionado a la mesa en donde trabaja y procura plasmar en el papel las incidencias de un encuentro invariablemente frustrado y pospuesto.

Ni los mensajes de amor ni sus extravagantes lucubraciones científicas compensan sus afanes de abrirse a un cónyuge infinitamente comprensivo y paciente. Los billetes que desliza bajo la puerta de su esposa son una especie de droga que revela a la larga su ineficacia absoluta. El diálogo se reduce a un desesperante monólogo: sus comentarios o glosas a los sucesos del día, evitan cualquier referencia a sus sentimientos y emociones personales, parecen obra de algún telegrafista.

«Estoy leyendo las Odas Místicas de Chams Tabrizi.»

«He recibido la visita de una paloma coja y enferma: le he dado de comer, pero ha muerto.»

«Acaban de inagurar un nuevo Centro de Magia Africana.»

«Teniendo en cuenta el alto grado de madurez y concienciación del electorado, la nueva Constitución Popular Socialista Rutenia ha rebajado la edad de votar a los siete años.»

«Voy a un mitin de la Fracción Unitaria Revisionista Prochina.»

«¡Julio Iglesias sigue una cura de sueño!»

A fuerza de repetir el ritual, no siente ya nada:

sólo una vaga esquizofrenia acompañada de una lenta afasia y, a ratos, la tentación de una escritura indescifrable, propia de un contumaz y empedernido onanista.

CONSEJOS PRACTICOS

El marido atípico que protagoniza estas páginas recorta cuidadosamente un anuncio aparecido en la sección Contactos del periódico al que está abonado a fin de incluirlo en su original colección:

«Está usted abrumado con el trabajo y las preocupaciones, sus numerosas responsabilidades no le dejan el tiempo ni fuerzas necesarios para ocuparse como es debido en una esposa que es joven y ardiente, le quiere a usted desde luego, pero se siente frustrada, sola...

»¿Va a permitir usted que tome un amante, le ridiculice con su mejor amigo, se busque un chulo de baja estofa o dé con un vulgar abusón que se exhiba con ella en público y quizás se la robe?

»Ofrézcale, ofrézcase un acompañante eficaz y discreto, recurra a nuestros servicios profesionales. Con seriedad y competencia, nuestra red de agentes le procurará a ella las atenciones y ternura que requiere en una atmósfera confidencial, deliciosamente íntima, mientras le pondrá a usted a salvo de cualquier contingencia gracias a un anonimato riguroso y total.

»¡Entréguese de lleno a sus negocios sin ninguna clase de estrés! Una esposa fiel, sonriente, encantadora y atenta le acogerá con los brazos abiertos a su regreso al hogar.»

Después de insertarlo en el heterogéneo manuscrito que compone hoja a hoja su muy poco ejemplar biografía, anota las señas de la agencia instalada precisamente en el séptimo piso de un inmueble de la Rue Poissonnière y, con la satisfacción propia de quien ha cumplido su tarea, se sacará el ratoncito blanco del bolsillo y le dejará roer con sus agudos dientecitos el volante impreso con ciclostilo por los Comandos de Protesta contra el Genocidio Oteka que alguien le ha pasado, mientras escribía, por la rendija de la puerta de su cubil.

UNA CARRERA CONTRARRELOJ

¡He recibido un mensaje de Agnès!

En una de mis espaciadas pero regulares visitas a la lista de correos del bulevar Bonne Nouvelle, la encargada de la misma, después de manosear pro forma mi sobada tarjeta de residente ordinario, ha recorrido el casillero de la correspondencia clasificada por orden alfabético hasta dar con un sobre rectangular, de color rosa pálido, en el que mi nombre y apellidos figuran cuidadosamente escritos con una aplicada caligrafía escolar. Procurando disfrazar mi emoción, abono el precio del sello tamponado por la empleada, me dirijo a la terraza del café contiguo y, una vez sentado a una mesa, prolongo unos momentos, con la piel de gallina y la verga erecta, el instante exquisito de abrir la carta y devorar su contenido de un tirón.

Mi muy querido Reverendo:

He leído tu anuncio de la semana pasada y tus fantasías cochinas me excitan: ¡siempre he soñado en meter una picha gorda como la tuya en mi boquita infantil e inocente!

Te veo arrodillado a mis pies, masturbándote con una mano y enjugando con la otra, antes de deslizar la lengua, el charquito aún caliente de mi pipí. Yo te daré a oler mis braguitas sucias y mientras te corres y viertes tu leche sobre mis botines de piel de antílope castigaré tu impudor y osadía con el rigor y severidad que merecen.

Te esperaré en casa el próximo miércoles por la tarde a las cuatro en punto. Mis padres van a salir de compras y les diré que me quedo a hacer mis deberes como una niña buena.

Como exijo desde ahora una obediencia incondicional a mis caprichos, no toleraré que te retrases ni siquiera un segundo.

Se despide sacándote la lengua, por vicioso y por guarro, tu enojadísima

Aggie

Cuando el viejo y malencarado camarero calvo me sirve el Vichy menta, los aleteos en el interior de mi pecho resuenan como el péndulo de un reloj: en el periódico olvidado por un cliente en la mesa vecina, compruebo, súbitamente aterrado, que es miércoles y al mirar la hora, descubro, más aterrado todavía, que faltan solamente unos minutos para el encuentro.

Abandonando la consumición intacta y un billete de cincuenta francos al desconcertado y odioso sujeto, me precipito como un poseso a la cercana estación de taxis.

LA CITA

Llegarás con media hora de retraso: Agnès te aguarda vestida como en la fotografía, pero ha cubierto sus hombros gráciles con una chaquetilla de cuero, calza unos deliciosos botines blancos y empuña nerviosamente una fusta con aires de amazona precoz. Sus labios carnosos esbozan una mueca desabrida y te mira con ojos llameantes mientras te arrodillas, gozoso, a implorar su perdón.

¿Es ésta tu manera de ser puntual?, te dice.

Acabo de recibir la carta hace unos minutos, mi amor, le dices. Suelo recoger la correspondencia una vez por semana y al ver que me convocabas hoy mismo, te juro que vine zumbando en el primer taxi.

135

Tus excusas no me interesan ni poco ni mucho, te dice. No has llegado a la hora que yo exigía, has desobedecido a mis órdenes, me has hecho esperar. Tenía ganas de conocerte, de pasar la tarde contigo. Ahora, tu visita me aburre. Eres lento y pesado. Lo mejor que puedes hacer es largarte por donde has venido.

Agnès se cruza de brazos con una encantadora expresión de despecho y de cólera. El instante es sublime y quisieras prolongar indefinidamente tu éxtasis, flotar en un estado perpetuo de arrobo y felicidad. Sus botines están al alcance de tus labios y los cubres de besos. Aunque le suplicas, admites tus faltas, sufres sus desaires, prometes enmendarte, bendices sus desdenes, entonas un mea culpa y te vuelves alfombra, tu sometimiento aviva todavía su fastidio e irritación. Su figura se muestra cada vez más hosca e inopinadamente, cuando ya desesperas, adelanta su piececito izquierdo y lo planta en tu cabeza. Sus órdenes, proferidas en voz aguda, te llevarán directamente a la gloria.

Quítate la ropa hasta quedar en cueros, te dice. Anda, rápido.

Gracias, mi amor, le dices.

¿Estás ya empalmado?, te dice.

Sí, mi amor, le dices.

Quiero ver tus nalgas velludas, te dice. Ponte a cuatro patas y enséñamelas.

Aquí las tienes, mi amor, le dices.

La zanahoria, te dice, ¿la has olvidado?

No, mi amor, le dices.

Hala, te dice, métetela de una vez en el culo. ¿Qué diablos estás esperando?

Si me permites enjabonarla un poco, le dices.

No te hagas el estrecho, te dice. De un tirón y hasta el fondo.

Por favor, le dices. Te juro que no cabe.

En-te-ri-ta, ¿me oyes?, te dice. Y entre tanto deja de meneártela.

Como tu ordenes, mi amor, le dices.

Esta vez soy yo quien te va a sacar una foto con mi polaroid, te dice.

¿Una foto?, le dices.

Sí, te dice, con el tallo de la zanahoria asomando por el trasero y la picha bien tiesa.

¿La guardarás para ti como recuerdo?, le dices.

¡Serás cretino!, te dice. ¡Se la enviaré a tu mujer y a todas tus vecinas de escalera!

¿Cómo?, le dices.

¿No me has oído?, te dice. ¡Sacaré un centenar de copias y las distribuiré entre tus amigos!

¿Te estás burlando de mí?, le dices.

Dentro de unos días verás si bromeo, te dice. Eres un cerdo y quiero que la gente lo sepa.

No puede ser, le dices, no vas a hacerme eso.

¡Cómo que no voy a hacerlo!, te dice. ¿No acabas de jurarme que eras mi esclavo y podía hacer contigo cuanto quisiera?

Sí, mi amor, le dices. Pero eso no, te lo suplico: ¡no me hagas eso!

¡Pues lo haré!, te dice. Me has inventado expresamente para ello. Eres un hipócrita, un vago y un inútil. No sirves absolutamente para nada. Ni siquiera sabes componer tu novela. Estoy harta de verte babosear a mis pies.

Agnès, te juro que, le dices.

Déjame en paz, te dice. No soporto más tu jeta asquerosa.

Yo, le dices.

Basta de pucheros, te dice. Has fracasado en todas las pruebas. Inventa otra cosa si puedes: lo que es yo, ya no aguanto.

Una música de tambores y flautas, acompañando una delicada salmodia, cubrirá paulatinamente su voz. Los derviches, tocados con gorros ocres en forma de estela mortuoria y envueltos en el blanco simbólico de sus mortajas, empiezan a girar como trompos en el sentido inverso a las agujas del reloj, con la mano derecha vuelta hacia arriba y la izquierda hacia abajo, recibiendo y dando, transmutando su energía en alquimia, levitación pura, conos de deslumbrante blancura, los brazos abiertos, tendidos como alas. Cuadrúpedo, con el trasero al aire y el tallo foliado de la zanahoria plantado en el ano como un plumero vistoso, nuestro desdichado héroe ofrece un espectáculo grotesco y lamentable. La etérea, casi irreal oscilación de los bailarines traza un círculo mágico alrededor de él: pese a sus esfuerzos en escapar y ocultarse, permanece atrapado por una telaraña invisible. Afortunadamente, los ejecutantes de la sama no parecen advertir su presencia. Situado en el núcleo central del viaje, en la espiral de la mutación interior donde se funden el ser y no ser —umbral de la iniciación y el conocimiento sin límites— acogerá como un maná las palabras del Maestro acuclillado en el mihrab sobre una escueta y humilde piel de cordero.

¿Quieres alcanzar la experiencia integral, el sentimiento de la verdad encubierta por los setenta y siete velos, el fuego anímico que te transformará en un radiante cuerpo de luz?

¡Sí, quiero!, aúlla.

¿No sabes que el ser nace, evoluciona y muere en estrecha relación con la totalidad del universo? Abre el interior de una gota de agua: brotarán cien océanos puros. Examina atentamente un grano de arena: verás en él cien montañas. El corazón de un grano de trigo es idéntico a cien cosechas. La pupila del ojo es un cielo infinito. En cada átomo centellean cien soles. La vía del amor y la danza es una apertura hacia esta Unidad.

El anciano sufí se interrumpe: la ceremonia ha terminado. Cuando se desvanece en la sombra, entre el eco sutil y dulcísimo de los tambores y flautas, un movimiento brusco del antebrazo doblado —fruto quizá de un desesperado ademán de retenerle, quizá de una ridícula tentativa de imitar su límpida ebriedad espiritual—, al volcar la lámpara de la mesilla contigua al sofá cama y hacerla caer estrepitosamente al suelo, devolverá de golpe a nuestro acongojado héroe a una inmisericorde y feroz realidad.

El barrio ha sido acordonado. El hosco zurrido de la sirena de alarma antincendios que suena puntualmente a mediodía el primer jueves del mes, me llenó esta vez de sobresalto. En primer lugar hoy no es jueves, y cuando me sacudió de la modorra matinal, apenas clareaba; en segundo lugar, en vez de detenerse, como siempre, al cabo de unos momentos se prolongó interminablemente, como si su mecanismo se hubiera descompuesto o quienes la accionaban quisieran poner malignamente a prueba los nervios del vecindario. Peor aún: su eco lancinante no se extendía por mera inercia sino que aumentaba gradualmente de volumen hasta convertirse en un aullido aterrador. Pensé entonces en la posibilidad de una alerta aérea, de algún ejercicio de defensa contra un hipotético y fantasmal adversario. Aunque la intensidad del sonido cubría cualquier grito o voz, advertí que los demás inquilinos del inmueble, arrancados del lecho como yo, se asomaban al patio, trataban de averiguar qué ocurría, discutían vanamente de ventana a ventana con gran despilfarro de muecas y ademanes. Mi primera idea fue descorrer el cerrojo y precipitarme al apartamento de mi mujer: presentía su angustia y deseaba mostrarle que podía contar conmigo en tan azaroso e imprevisto trance. Pero la puerta de mi estudio ha sido sellada por fuera: mis esfuerzos histéricos en abrirla no dan ningún resultado.

Por la mirilla diviso a un individuo con una especie de escafandra, careta, casco de motorista y botas de montar, plantado en medio del corredor con los brazos cruzados. Desde hace un buen rato, la sirena ha sido reemplazada con un estentóreo altavoz que ladra minuciosas consignas, empleando por turno una babélica sucesión de idiomas. Unos son fácilmente reconocibles: francés, árabe, portugués, italiano, turco; otros, corresponden a áreas lingüísticas oscuras y exóticas. Cuando se expresa en el mío, compruebo que el locutor del mensaje grabado traduce las instrucciones con acento argentino: todo el mundo debe permanecer en casa y rellenar los impresos que los comandos de choque distribuyen de puerta en puerta. Las líneas telefónicas han sido cortadas y cualquier tentativa de resistencia será inmediatamente sancionada con la muerte del infractor.

Mientras el altavoz repite incansablemente sus advertencias políglotas, examino, consternado, el volante que el guardián del piso ha deslizado bajo la puerta. El cuestionario que contiene ha sido redactado en castellano, como si las autoridades del nuevo poder militar hubieran planeado perfectamente el golpe y dispusieran ya de expedientes sobre el conjunto de la población. La hoja no proporciona en cambio información alguna acerca del móvil de sus autores. La identidad de éstos es por ahora misteriosa: lo mismo pueden ser los vindicativos comandos otekas que las milicias patrióticas de Charles Martel.

Sentado a la mesa en que ordinariamente redacto

mi epistolario erótico, transcribo poemas sufís o expongo al posible lector mis visiones e inquietudes científicas, releo una a una las preguntas tocantes a mi edad, curriculum, nacionalidad, religión, dentadura, color de piel, dimensiones craneales, orientación ideológica, actividades políticas, prácticas sexuales, enfermedades contagiosas, aberraciones y vicios secretos, contactos con diferentes grupos étnicos, particularidades o rasgos de carácter, condenas judiciales, desacatos a la autoridad establecida, coeficiente intelectual, aptitudes físicas, diplomas universitarios, eventual reciclaje en el futuro proceso normalizador.

Una vez cumplido el trámite —y siempre conforme a las disposiciones del bando—, debo deslizar el cuestionario ya completo por la puerta y aguardar a que el cancerbero me transmita la clave y el número que me asigne el ordenador: en otras palabras, el punto de destino subsiguiente a los requisitos del fichaje y evacuación. Con mis compañeros de grupo —seleccionados, como yo, según el tenor aleatorio de las respuestas— vamos a ser conducidos entonces a los camiones dispuestos al efecto y transportados con fuerte escolta a un lugar aislado y remoto.

No puedo despedirme de mi mujer ni intercambiar con ella mensaje alguno. Tampoco puedo llevar conmigo documentos, dinero, cartas ni fotografías: sólo lo estrictamente indispensable al aseo, una muda de ropa, un pequeño cesto de provisiones y, como aúlla por enésima vez el altavoz en este preciso instante, mi firme resolución de ser útil y obedecer sin rechistar a las órdenes y decretos de mis salvadores.

¡QUE VERGÜENZA!

Mientras la proclamación de la ley marcial en Varsovia barre brutalmente, de un plumazo, la noble aspiración popular a un socialismo justo y humano, nuestro héroe se lima egoístamente las uñas. Mientras la policía y fuerzas represivas guatemaltecas eliminan metódicamente a los demócratacristianos de izquierda, nuestro héroe bebe un sorbo de agua mineral, se fuma un porro y descarga la vejiga en el lavabo. Mientras cincuenta millones de chinos se reponen penosamente en los hospitales del enorme batacazo sufrido al emprender el gran salto adelante, nuestro héroe planea imaginariamente en un parque atestado de niñas retozonas. Mientras las multinacionales gringas extienden sus tentáculos por Latinoamérica y chupan ávidamente la sangre de sus venas abiertas, nuestro héroe redacta una nueva y aún más indecente carta a las gemelitas. Mientras Albania ofrece el modelo de una sociedad definitivamente limpia de las taras, desviaciones y prácticas revisionistas comunes a cuantos regímenes seudosocialistas reivindican todavía, con desfachatez e impudicia, la herencia gloriosa del materialismo dialéc-

143

tico, nuestro héroe se extasía ante los cabellos y hombros desnudos de Katie.

Preguntas mordaces y recriminatorias de ex-compatriotas, amigos, compañeros de militancia y de su propia y desdichada esposa le ametrallan de modo implacable, sacudiéndole como un punching-ball: el pueblo vietnamita ha asumido victoriosamente su destino, y tú ¿qué?; los americanos han llegado a la luna, y tú ¿qué?; están sacando petróleo del Sáhara, y tú ¿qué?; ya hay guerrilla urbana en Segovia, y tú ¿qué?

Recostada en la pared desconchada, los piececitos descalzos en el bordillo de un macizo de flores, la dulce criatura de sus sueños le observa asimismo con reprobación. La belleza impúber de sus rasgos, sus gestos y ademanes armoniosos, su inocente y prodigiosa malicia se combinan ahora con una expresión de aburrimiento y disgusto que presagia un súbito cambio de humor. La escena impuesta por el fotógrafo le resulta a todas luces molesta: tras contemplar con creciente irritación sus torpes y enojosos preparativos, abandonará su pose de fingido candor y le sacará despectivamente la lengua.

Ante el cúmulo de menudos contratiempos no previsto siquiera en su horóscopo, el Reverendo se siente de pronto un triste y vulgar retratón.

¡ESO NO PUEDE SEGUIR ASI!

El sufrido lector de esta narración confusa y alambicada tiene perfecta razón en plantearse una serie de preguntas sobre sus silencios, ambigüedades y escamoteos y, según nos tememos, se las está planteando ya.

La mujer del antihéroe, por citar un solo ejemplo, sigue recluida en sus aposentos como una odalisca otomana sin que en ningún momento se le haya visto el pelo a lo largo de sus prolijas aventuras y extravagantes andanzas. El lector no sabe siquiera si es rubia o morena, gruesa o delgada, si viste con descuido o, al contrario, rebuscada elegancia: carece simplemente de cuerpo y el odioso personaje con quien comparte de algún modo la vida y con el que comunica mediante notas breves y apresuradas, no se ha tomado tan sólo la molestia de hacerle una fotografía. Él, que puede pasar horas enteras absorto en la bobalicona contemplación de Agnès o las gemelitas, que exhibe a los cuatro vientos su pasión infantil por las modelos ingenuas del Reverendo, corre un negrísimo velo sobre los vínculos que realmente le unen a su invisible cónyuge, mantiene a ésta en un régimen de total aislamiento y secreto y, por contera, recurre al espionaje electrónico para averiguar sus sentimientos y estados de ánimo.

Antaño, cuando el lamentable sujeto no rehuía todavía el trato con sus locuaces y vocingleros paisanos —empeñados en enderezar desde el exilio el histórico entuerto de una injusta pero abrumadora derrota—, excusaba ya con toda clase de pretextos la asistencia de ella a esa reuniones en las que sus aseverativos compañeros de militancia —escoltados por sus rígidas y envaradas esposas— discurrían durante horas sobre temas tan varios como el golpe de Sanjurjo, la batalla del Ebro, la fórmula infalible del buen puchero o las excelencias del chorizo de Cantimpalo, alegando compromisos ineludibles, perentorias obligaciones familiares e incluso eufemísticas indisposiciones, convencido en realidad, con razón, de que ella no soportaría ni un minuto su presencia en aquella tertulia de personajes de zarzuela, encastillados en sus modales, lenguaje y recuerdos de hacía treinta años.

Pero lo que en otros tiempos podía justificarse, se ha convertido a la postre en una actitud de absurdo y anacrónico ocultamiento. En este último cuarto de siglo, caracterizado precisamente por el irresistible proceso de liberación del segundo sexo, la suerte desdichada de su consorte no puede dejar indiferente a nadie: mientras un feminismo vindicador barre el mundo civilizado, semejante conducta machista merece nuestra viva repulsa y condenación.

¡El lector reclama el derecho de verla de una vez, de conocer su versión de los hechos arteramente solapados, de meter su curiosa nariz en el arcano de una vida escondida y remota en la que, a pesar del misterio en que él la encierra, intuye y adivina la existencia de un auténtico toro enchiquerado!

A veces, la nostalgia. Recordar sus buenos tiempos de gacetillero, precipitarse a cubrir, con un bloc y un bolígrafo, la noticia del día: ¿Un atentado de los Comandos Secretos contra el Genocidio Oteka? ¿Un rapto espectacular de los Maricas Rojos? ¿Una conferencia de prensa del Gaffo? ¿Un amor contrariado de Julio Iglesias? No: ¡una manifestación! ¡Los anhelos de libertad del pueblo polaco han sido una vez más anegados en sangre! ¡Un brusco y violento zarpazo del oso polar ha dado de nuevo al traste con nuestros sueños de una sociedad regida al fin por un modelo socialista justo y democrático! Sin saber bien por qué, el triste apátrida de la Rue Poissonnière ha recibido una invitación telegráfica al acto de protesta contra la instauración de la ley marcial en Varsovia: a la noble y altruista expresión de solidaridad del mundo cultural parisiense con la perseguida y silenciada intelligentzia de orillas del Vístula. Su inveterado egoísmo, el duro e insensible caparazón de escamas formado por un cuarto de siglo de mitines y marchas contra Franco y Pinochet, pro Argelia y Vietnam, Hungría, Checoslovaquia, Afganistán, El Salvador o Argentina, nos hacen temer por un momento que el telegrama, enviado probablemente por error a su domicilio —su nombre ha sido borrado desde hace años de la lista de corresponsales en activo—, no vaya a parar —como tantas otras solicitudes y llamamientos a su embotada conciencia política y moral— al cesto de los papeles: que, en vez de proclamar su santa cólera contra unos abusos y tropelías que ofenden e indignan a la humanidad entera, se prepare, con deiectación sibarita, a una nueva y fantasiosa sesión de iconografía con las gemelitas o Agnès. Por fortuna para nosotros y los posibles lectores de estas páginas —a quienes tan escandalosa conducta sublevaría con razón, barriendo así los últimos vestigios de indulgencia y conmiseración por tan miserable y ruin personaje—, el apático e impasible sujeto conserva con todo un pequeño rescoldo de magnanimidad. Después de vacilar unos minutos —el tiempo de orinar como siempre en el lavabo, limarse las uñas, cerciorarse ante el espejo de que no le ha crecido una verruga y contemplar desde la ventana de su estudio el casquete de mazapán de la Opera— le vemos prevenir por escrito a la invisible esposa su gallarda resolución de protestar. La gabardina y sombrero de fieltro con que habitualmente se identifica no serán vistos esta tarde por la Rue de la Lune, la Place du Caire o la Porte Saint Denis; una vez en la calle, ocupada todavía por los forofos del proyecto de sociedad disneyana, torcerán a la izquierda de la taquilla del Rex y recorrerán sin prisas la caleidoscópica acera del bulevar: babel lingüístico, inmediatez física, porno y karate en sesión continua, superposición de movimientos y gestos, febrilidad, efervescencia, desorden. La Ciudad —esa Ciudad única y total, mezcla creadora y bastarda de las ciudades que conoce y ama, en la que no deja de pensar en el curso de sus interminables paseos— parece impulsarle por

sus venas y arterias, orientarle a los centros nervio-
sos que condensan su ritmo incesante y actividad.
Mientras acude a manifestar por Polonia —la marti-
rizada Polonia, objeto ya de sus cuitas y oraciones,
cuando vestía calzones cortos y llevaba una cartera a
la espalda: una imagen sublime y ridícula para quienes le conocen hoy—, manifiesta en realidad por esa
Medina no aséptica ni higienizada en la que la calle
es el medio y elemento vital, un escenario dotado de
figuras y signos donde metecos e ilotas, forasteros e
indígenas aprovechan gozosamente el espacio conce-
dido a sus cuerpos para tejer una red de relaciones y
deseos exuberante y feraz; por la emergencia, en las
perspectivas cartesianas y ordenadas de Haussmann,
de brechas y fragmentos de Tremecén y Dakar, El
Cairo y Karachi, Bakomo y Calcuta; por un Berlín-
Kreuzberg que es ya un Estambul del Spree y una
Nueva York colonizada por boricuas y jamaiquinos;
por un futuro Moscú de uzbecos y chinos y una Barcelona de tagalos y negros, capaces de recitar de
memoria, con inefable acento, la Oda patriótica de
Maragall.

UNA TARDE EN LA OPERA

Los manifestantes que, empleando los medios de
locomoción más diversos —desde el apabullante Rolls
Royce al democrático billete de metro— convergen

149

en la majestuosa escalinata de la Opera, exhiben orgullosamente el telegrama del ministro de la Cultura que les confiere el privilegio de franquear la barrera de un férreo servicio de orden encargado de rechazar sin miramientos a todos los postulantes que, de modo individual o llamativamente agrupados —como aquel puñado de afganos pobres y famélicos, deseosos de aprovechar la ocasión de recordar a los vibrantes y conmovidos espectadores al acto la absurda, enojosa y ya postergada tragedia de su remoto país—, tienen la increíble inocencia —que algunos motejarían de caradura— de presentarse a la Academia Nacional de Música sin invitación alguna, ignorando o fingiendo ignorar que el derecho a protestar en tan noble y distinguido recinto pertenece en exclusiva a quienes, como tú, han sido expresamente convocados a hacerlo por razones de mérito personal o pedigrí ideológico, poseen el indispensable bagaje cultural, el obligado requisito de una sensibilidad literaria y artística y son los únicos, por consiguiente, que podrán asistir desde platea, palcos, anfiteatro o paraíso del ilustre edificio a la celebración ritual de las musicales exequias de la patria de san Estanislao y Kosciuszko, Wojtyla y Mickiewicz, Chopin y María Waleska, muerta y sacrificada como Cristo, perennemente despedazada y comida por las fieras: a su agonía romántica, conmemorada ya en los salones parisienses del XVIII y XIX, con llantos y suspiros, a los acordes de valses y estudios, nocturnos y sonatas, baladas y preludios, barcarolas y scherzos. Por el vestíbulo, escalinata, grand foyer y pasillos, la crema y nata de los selectos, floreados por el ministro del ramo, se saludan unos a otros con ademanes y expresiones compungidos —con el decoro y gravedad que exige la circunstancia—, intercambian signos de admiración y reconocimiento, formulan comentarios en voz baja: vi tu última película, devoré tu última novela, leí tu última crónica o entrevista. ¡Extraordinaria, sencillamente extraordinaria! Los mutuamente alabados se inclinan satisfechos y mientras uno y otro se aleja, oirás murmurar al que queda, un fracaso, una verdadera mierda, una triste sombra de sí mismo, ha perdido todo su talento, mientras, ignorado por ellos, te abres paso como puedes entre la élite deslumbrante venida a ver o escuchar, como tú, el discurso inflamado de un escritor; el poema declamado por una famosa actriz de teatro; la presencia carnal de uno de esos representantes del pueblo combatiente y heroico que, después de ser festejado unos días por la izquierda divina y humana, caerá pronto en la trampa del olvido y evocará amargamente su gloria efímera, arrinconado como un vulgar gorrista o parásito; el sencillo y sugerente programa musical en el que figuran, noblesse oblige, el himno-mazurca de Dombrowski, la Polonesa del gran Frédéric. Todos están allí, reunidos en las primeras filas de platea y palcos oficiales: el ministro y su esposa, diplomáticos y miembros de la Academia, dramaturgos y artistas, infinidad de rostros telegénicos; el duque y la duquesa de Guermantes, Sénécal, madame Verdurin, Reynaldo Hahn; personajes de Cortázar y Carpentier; Régine y Régis; un best-seller internacional, promovido a manager y estratega, a escala planetaria, de causas políticas oportunas, rentables y avanzadas. ¡Los mineros encerrados en los pozos de Katowice se sentirían sin duda muy reconfortados si supieran que a mil kilómetros del lugar en donde siete de sus compañeros acaban de ser acribillados a balazos por un ejército popular-democrático armado de cañones y tanques, una brillante asamblea de vedettes y notables se emociona con su destino, vierte lágrimas por su suerte, solloza interiormente a la escucha de los compases del gran Frédéric! Encaramado a lo alto del paraíso, en una percha oscilante del gallinero, escucharás como desde una nube las observaciones y apostillas de dos entendidos mientras el intérprete de la Polonesa desgrana melancólicamente sus notas en el teclado con ademanes sobrios y escuetos: ¿será posible? ¡Ha fallado nada menos que el si bemol! ¡En mi vida he oído una pifia así! ¡Es una auténtica estafa! Elevado a las cumbres seráficas por la música del gran Frédéric, pedirás cortésmente los gemelos a la vagarosa melómana trepada en la percha vecina, apuntarás con ellos a rostros conocidos y pletóricos de su propia importancia y, contagiado por la exaltación colectiva, decidirás planear también en tu altura y encenderás tranquilamente un canuto de excelente kif de ketama. Los mineros del pozo Wujak, desesperadamente recluidos desde hace días en su sombría soledad de fondo, contemplan ahora contigo el elenco, la esplendente farándula de protagonistas y actores de la inolvidable manifestación de apoyo al pueblo inmolado y yacente por causa de la justicia y libertad universales: cantando Aída o Don Giovanni en el vasto y soberbio escenario, voglio fare el gentiluomo e non voglio più servire, todos cogidos de la mano, haciendo reverencias y pasos de baile, robándose luz frente a las cámaras, saludando alborozadamente al público. El final previsible, anunciado ya por la irrupción de las guitarras de la simpática tuna universitaria, te obligará a brincar de la percha del gallinero y refugiarte bajo la falda de la vecina de los gemelos, a falta de poder hacerlo, como los patéticos e irrisorios mineros de Katowice, en la negrura del claustro materno: ¡los invitados a llorar en la Opera por el sino de la desdichada Polonia corearán para ti, y para ustedes, su mundialmente aplaudida versión del célebre y ya inmortal Clavelitos!

EN BRAZOS DE JOSIF VISARIONOVICH

Camino por un paisaje de ruinas ideológicas: bustos destrozados, estatuas caídas, columnas rotas, restos de arquitrabes y frisos devastados por algún cataclismo, quizás una súbita y feroz invasión. Eruditos y arqueólogos excavan minuciosamente el terreno, calan la histórica superposición de estratos, ahoyan al pie de monumentos enterrados, exhuman las bases del materialismo dialéctico, recuperan profecías y dogmas de inapreciable valor. Su tarea paciente, realizada bajo un sol implacable, obtiene presas y hallazgos dignos de sus esfuerzos: una cabeza casi intacta de Karl, una escultura oxidada de Friedrich, la perilla y un trozo de calva del ínclito Vladimir Ilich. Varios tenderetes laterales, oportunamente resguardados con sombrajos, exhiben vestigios menores, destinados al consumo turístico: reliquias de Dolores, Maurice y Palmiro, un bajorrelieve de Mao atravesando el gran río a nado, los revólveres y el puro del longevo monarca barbudo. Cicerones políglotas explican a los forasteros los principales rasgos y características de la ideología sepulta: sus cultos personales y familiares, sus palinodias, anatemas y ritos, sus tribunales, autocríticas y concilios, las causas probables de su decadencia y ulterior destrucción. Buscavidas y muchachos con atavíos indígenas proponen totems, recuerdos, collares, tarjetas postales, fotografías de momias conservadas a orillas del Moskova, excursiones en grupo, paseos en góndola, una visita, para caballeros solos, al pompeyano lupanar frecuentado por los adeptos de Lev Davidovich. Huyendo de ellos y su incesante acoso, me interno en la inmensa plaza vacía dibujada por Steinberg: sólo dos o tres centinelas inmóviles, macizos y redondos como garitas, interrumpen la línea asolada del horizonte. Altavoces disimulados en el panteón y las almenas o torres de la muralla difunden un manifiesto grandilocuente en favor del uso de la literatura y el arte como arma o instrumento de combate, de un teatro y cine de denuncia y agitación, de una pintura y música movilizadoras y aguerridas, de una novela transmisora de consignas, de una poesía a la rosa convenientemente blindada: héroes positivos, ingenieros de almas, centrales eléctricas, minas y zanjas, ecuaciones moralopolíticas resueltas en términos de progreso industrial. Mientras trato de rememorar la musiquilla familiar del texto, descubro, con asombro y perplejidad primero, bochorno y consternación después, que su padre soy yo. Hostigado por comentarios burlones y risas sarcásticas, me refugio en la sala del museo objeto asiduo de mi revista. Él sigue allí, inmovilizado en su pose altanera, pero contemplándome con expresión paternal y benigna: quien a Mí acuda a confiar tristezas y cuitas, será objeto constante de Mi solicitud y protección. Su gorro de mariscal, el pecho cubierto de condecoraciones flamígeras, sus rígidos mostachos rizados, ocultan una remansada ternura, una indulgencia contigua al amor. Es usted tan sencillo, tan humano, murmuras. Y él: no creas en las leyendas forjadas por mis adversarios; ¡si supieras cuánto he sufrido!; ¡no hay peor soledad que la de quien ejerce el poder! Una lágrima discurre furtiva por su rugosa mejilla cuando te coge con suavidad la mano y giráis dulcemente por el entarimado a los acordes briosos de un vals. Con la cabeza recostada en su guerrera, das vueltas y más vueltas penetrado de sentimientos angélicos, indiferente a la expresión irónica de tu cónyuge y el mohín despectivo de Agnès. El ritmo de la música de Strauss es cada vez más rápido y remolineáis como un trompo beodo hasta que el guardián del museo os interrumpe y te tira del brazo, furioso: ¡qué coño se ha creído usted! Este es un sitio decente, ¿me oye? ¡Si quieren magrear y meterse mano váyanse a follar al hotel!

CONSECUENCIAS DE UN PORTAZO INTEMPESTIVO

Inopinadamente, cuando ya habíamos perdido toda esperanza, se produjo el portento. Nuestro héroe había corrido cuidadosamente el cerrojo de su leonera y vestido con su habitual impermeable ocre y tocado con su sombrero de cuadros enfiló por el estrecho pasillo de suelo de madera en busca del ascensor. La puerta de éste estaba abierta y en su interior descubrió, atónito, a su mujer.

Tú: Hola. Qué sorpresa. Cuánto tiempo.

Ella: Sí, parece mentira.

Tú: ¿Vas abajo?

Ella: Sí, claro.

Tú: ¿Te molesta si entro?

Ella: No, en absoluto. Al contrario: tenía ganas de verte.

Tú: Yo también. Hay que ver lo difícil que resulta encontrarse en París. Vivimos enfrente uno del otro y pasan meses y meses sin que siquiera nos crucemos.

Ella: Es verdad. Puedes vivir durante años en este barrio sin saber quiénes son tus vecinos.

Tú: A veces eso es una ventaja.

Ella: Sí, desde luego.

Tú: No lo digo por ti, naturalmente. Estaba pensando en los demás. En la estupidez de las relaciones convencionales que impone la proximidad.

Ella: Totalmente de acuerdo. También yo las aborrezco. Resulta mucho más cómodo ignorarse y tirar cada cual por su lado. Pero contigo es distinto. Me había acostumbrado a tu presencia. Te echaba de menos.

Tú: Yo también. Muchas veces pensaba hoy voy a encontrarla en la escalera o la portería y cuando salía de casa y no te veía, no sé cómo explicarlo, experimentaba una gran frustración.

Ella: Exactamente como yo. Soñaba en que topaba contigo en el ascensor y luego, al abrir los ojos, me sentía muy sola.

Tú: Es realmente curioso. A mí me sucede igual. Estamos charlando tranquilamente los dos, como en este momento, y de pronto, cuando todo va bien entre nosotros, zas, ¡me despierto!

Ella: A lo mejor soñábamos los dos al mismo tiempo.

Tú: ¡Con tal de que no despertemos ahora!

Ella: ¿Lo lamentarías?

Tú: Sería de verdad muy triste. Por una vez que tenemos la oportunidad de hablar y vernos las caras.

Ella: Sí, el azar que nos ha reunido es extraordinario. Quien sabe si se volverá a repetir.

Tú: Es como si lo estuviese aún imaginando. ¡He vivido esa escena tantas veces!

Ella: A menudo temía no reconocerte, llevarme una desilusión, encontrarte cambiado. Como cuando esperas ardientemente algo y luego te decepciona. Pero veo que no: que mi sueño es real.

Tú: ¿De veras?

Ella: Sí, hay algo en ti que permanece siempre joven, como si por milagro no te afectara el tiempo.

Tú: ¡Qué alegría me das! Si supieras cuán viejo y cansado me siento.

Ella: Al revés. Estás rejuvenecido. Hay algo nuevo en ti: una energía, una vitalidad que antes no tenías. No sé cómo decirlo: una especie de magnetismo.

Tú: ¿Hablas en serio?

Ella: ¿Tengo cara de bromear? Posees una fuerza interior, una sensación de seguridad que irradia, y fascina. He visto en El País tus artículos científicos sobre el dióxido de carbono y el calentamiento progresivo del globo terráqueo. Una obra maestra.

Tú: ¿Los conoces?

Ella: Son deslumbrantes. En la oficina no nos cansamos de leerlos y comentarlos en voz alta.

Tú: Bueno, yo, en realidad, lo que me proponía era hacer unas apostillas burlonas a la situación en que.

Ella: No seas modesto. Has escrito una obra científica poderosa. La gente te sigue, discute tus ideas.

Tú: Yo creía que ese tipo de sátira se dirigía sólo a un núcleo muy reducido capaz de.

158

Ella: Tienes una masa de lectores enorme. El público te admira. Me siento muy orgullosa de ti.

Tú: Me dejas confuso. Yo siempre escribía mis cosas con la esperanza de que tú y unos cuantos entendiérais por qué me he alejado de la política y apartado de todo: para que me comprendiéseis y, bueno, me quisiérais un poco. Pero nunca pensé que.

Ella: Todos los días compro el periódico para leerte. Resulta más fuerte que yo: necesito saber lo que piensas. Es una verdadera adicción.

Tú: Apenas puedo creerlo. ¡Me siento tan feliz!

Ella: ¿Has escrito todavía algo nuevo?

Tú: Bueno, ayer redacté algo que.

Ella: ¿Lo llevas encima?

Tú: No sé, déjame ver.

Ella: ¡Me gustaría tanto leerlo!

Tú: Es un simple borrador sobre.

Ella: Lo mismo da. Tu estilo es magnífico. Cuando leo tus traducciones poéticas me siento tremendamente dichosa.

Tú: Tal vez entre esos papeles.

Ella: ¿Me permites?

Tú: No sé si es esto. Me parece que.

Ella: Es tu escritura.

Tú: No, me he equivocado de carpeta. Lo que quería mostrarte no está aquí. Por favor, dámela.

Ella: Una zanahoria en el ano y una pluma plantada en la parte que sobresale, me la meneo pensando en ti. ¿Qué significa esta carta?

Tú: Ha habido una confusión. La carpeta no es ésa. ¿Me la devuelves?

Ella: ¿Eres tú quién la ha escrito?

Tú: No, bueno, es decir, yo.

Ella: Conozco perfectamente tu letra.

Tú: Sí, es mía, pero en realidad.

Ella: Es una carta indecente y grosera. ¿A quién se la mandas?

Tú: Te lo ruego, devuélvemela.

Ella: Esto requiere una explicación. ¡Quiero saber exactamente quién es la destinataria!

Tú: Por Dios, dámela. Es una mera fantasía mía. La encontré en la página de anuncios eróticos y quería.

Ella: Pues no te la doy, ¿te enteras? La leeré hasta el final. Así sabré de qué manera ocupas verdaderamente tu tiempo.

Tú: Te lo suplico. Es una broma personal mía. No tiene la menor importancia.

Ella: ¡Cómo que no la tiene! Todo eso es obra de un enfermo. ¡Exijo que me digas quién es esa mocosa!

Tú: Dame la carpeta de una vez.

Ella: ¡Ay, me ha mordido!

Tú: ¿Mordido? ¿Qué estás diciendo?

Ella: ¡Un ratón! ¡Me acaba de morder un ratón salido de tu manga!

Tú: ¿Un ratón?

Ella: Míralo, ¿no le ves el hocico? ¡Ahora mismo asomaba la cabeza entre tus gemelos!

Tú: Ah, sí, claro: el Ratoncito. No te preocupes: es inofensivo. Se habrá asustado al verte y.

Ella: ¿Qué haces con ese animalillo asqueroso?

¡Me ha mordido la mano y dices que es inofensivo!

Tú: No grites, mujer, que no es nada.

Ella: Quiero salir inmediatamente de aquí. Me has encerrado en el ascensor con ese horrible bicho. Aprieta de una vez el botón o abre la puerta.

Tú: Ya lo estoy intentando, pero no puedo. Me parece que estamos inmovilizados. Tal vez han cortado la corriente y.

Ella: ¡Lo que me faltaba! ¡Atrapada en el ascensor contigo y un ratoncito! Apuesto algo a que lo has hecho ex profeso.

Tú: Te juro que.

Ella: Sí, lo has hecho aposta. Conoces de sobra mi claustrofobia y asco a los ratones. ¿Qué piensas hacer ahora para sacarme de aquí?

Tú: Ya he tocado el timbre de alarma. El portero vendrá en seguida.

Ella: Eso me enseñará a fiarme de ti. No te basta con tratarme como me tratas. Eres un verdadero monstruo.

Como ocurre con cierta frecuencia, el portazo desatento de algún gamberro ha bloqueado momentáneamente el ascensor entre dos pisos y cuando el dispositivo se pone de nuevo en marcha nuestro héroe se enjuga pausadamente el sudor: alguien, un alma oportuna y caritativa, debe de haber reajustado entre tanto la manija culpable de tan triste y aciaga interrupción. Tras asegurarse en el espejo de la absoluta normalidad de su aspecto, abandonará su breve prisión, cruzará el vestíbulo, pulsará el botón de la puerta y cederá cortésmente el paso a la vecina teñida de rubio mientras la saluda en silencio con una breve y circunspecta inclinación de cabeza.

PROGRESION GEOMETRICA

El ratoncillo escapado de la manga de nuestro héroe ha encontrado pareja: al regreso de éste al hogar, después de uno de sus parasitarios e inútiles vagabundeos por el Sentier, hallará la escalera revolucionada. Alguien, un inquilino, acaba de descubrir una inquieta camada de múridos en la caja del ascensor y, al dirigirse a la portería a denunciar tan pavoroso hecho, ha tropezado con una espeluznada vecina huida del sótano, con el rostro demudado por el terror. La revelación de cuanto ha visto —manifiesta, por otra parte, en la febril contracción de sus rasgos y espasmódico temblor de sus miembros— no requiere formulación alguna: media docena de activos y diminutos roedores motean de blanco su falda y retozan burlones sobre sus cabellos. Simultáneamente, por un inexplicable fenómeno de contagio ambiental o generación espontánea, infinidad de crías han surgido de golpe en los apartamentos superiores y, aprovechando los gritos y estampida de sus moradores, asoman sus cabecitas traviesas por puertas y pasillos, se adueñan de dormitorios, cocinas, salones y comedores, escu-

162

rren veloces por entarimados y alfombras, corretean juguetonamente por el vestíbulo. Los chillidos y maldiciones de los fugitivos congregados en la calle se mezclan con los de quienes, procedentes de inmuebles contiguos, han abandonado también precipitadamente sus bienes y enseres a la súbita e incontenible marea de aquellos odiosos bichos. Con la misma ominosa facilidad con la que un técnico nuclear pulsa el botón destinado a poner en marcha el mecanismo desintegrador de toda especie de vida orgánica en un radio aproximado de doscientas millas cuadradas, el ademán inconsiderado de nuestro héroe de desprenderse del ratoncito culpable durante la breve y frustrada comunicación con su esposa en el ascensor ha desencadenado un acelerado e irreversible dispositivo proliferante que infectará en unos minutos el barrio entero. Mientras ciudadanos armados de escobas, bastones y toda clase de objetos contundentes se enfrentan como pueden a la invasión y con soberbia indiferencia de kamikaze una verdadera turba de animalillos se cuela por entre los automóviles atascados en la calzada y procede a roer con sus minúsculos incisivos la goma de los neumáticos, mozalbetes oscuros y agitanados, de clara estirpe tercermundista, recogen los pequeños cadáveres amontonados en arroyos y aceras y los ensartan en alambres hasta formar vistosos collares destinados al consumo turístico; otros, más desvergonzados todavía, los espetan en broquetas morunas y los venden asados, como en Calcuta, en los sombrajos y tenderetes del bulevar.

Cuando el solitario amanuense se dirija a su celda procurando sortear con risible finura de saltacharquitos las bestezuelas que pululan en la moqueta, meditará con la melancolía de nuestros primeros padres —ahítos también del agridulce sabor de la manzana— sobre las secuelas imprevisibles de su pasión por Agnès. Únicamente el estudio en donde perpetra sus escritos parece haberse librado de la plaga: asomado a la ventana desde la que habitualmente contempla la panorámica de chimeneas y tejados grises del barrio, sonreirá finalmente a la vasta blancura, la increíble nevada de ratoncitos que, como el aprendiz de brujo de la leyenda, ha suscitado con su senil intemperancia y desidia sobre la menesterosa y consternada ciudad.

SINTOMAS DE PANICO

Hay que rendirse a la abrumadora evidencia: África empieza en los bulevares. El trecho comprendido entre el Rex y la Porte Saint Denis se ha convertido desde hace algún tiempo en un auténtico mercadillo o bazar ambulante: los moradores de los pulcros y asépticos barrios burgueses, desinfectados a fuerza de reglamento y formol, se aventuran prudentemente, casi a hurtadillas, en la intrincada disposición de un ámbito que, en vez de ser cuadriculado a tiralíneas, se pliega espontáneamente a los caprichos del

164

azar e improvisación. Las consabidas alfombras donde senagaleses o mauritanos ofrecen su pacotilla, los embalajes de cartón sobre los que los fulleros apuestan al juego de los tres naipes, los bancos de madera ocupados por ruidosos y gregarios corrillos de inmigrados se afirman descaradamente a la luz del día, sin temor a redadas e incursiones policiales: las tímidas y cada vez más raras apariciones de la fuerza pública son acogidas con toda clase de proyectiles por la heteróclita población meteca y el ululante yuyú de la mujeres asomadas a las ventanas de los inmuebles vecinos. Los sótanos y buhardillas abandonados por los indígenas cobijan misteriosas festividades rituales: circuncisiones realizadas por muftis y barberos, danzas de iniciación sexual, exorcismos, esponsales, nupcias, jaculatorias. A veces, los invitados salen a la calle agitando monigotes vestidos con caftanes; otras, pasean en un carromato los presentes recibidos por la novia e interrumpen con su algazara y el eco de sus panderos el ritmo caótico de la circulación.

Claxonazos, barullo, inmediatez promiscua no incomodan en absoluto al peripatético sujeto de esta narrativa: el guirigay de voces, encabalgamiento y superposición de planos, mescolanza de sensaciones y olores captados simultáneamente, en toda su riqueza y fecundidad, estimulan, al contrario, sus dotes creadoras. Su territorio, su querencia, su antro, se extienden, como hemos dicho, de Pigalle a Belleville, del Marais a la Goutte d'Or. Desde hace años, para contrariedad y desespero de nuestros lectores, descarta cualquier visita a los distritos serenos y nobles, predominantemente habitados por aborígenes, con el falacioso pretexto de que le dan asma y si se ve en el aprieto de hacerla, se provee de antemano de todo lo necesario —pasaporte, divisas, certificado internacional de vacuna— como si fuese a un safari congoleño o a una expedición científica a Groenlandia.

Pero el impacto de la crisis arroja a la calle a un ejército cada vez mayor de parados y la vida diaria del barrio secreta paulatinamente una atmósfera de angustia y precariedad: los empleados clandestinos de los talleres de confección manifiestan con pancartas políglotas contra los negreros, el ganado humano de la Place du Caire se vuelca de pronto a los bulevares y reclama, agresivo, su legalización. Los diferentes grupos étnicos se adaptan a una difícil e impuesta estrategia de enfrentamiento: la multiplicación de pintadas políticas ha transformado las calles en un vasto taller de escritura mural.

Los asiduos al despacho de bebidas del carbonero hablan a media voz de atentados, pogromos, ligas de autodefensa: frente a las sibilinas amenazas de los comandos otekas, algunos nativos emprendedores y jóvenes organizan milicias paramilitares, lucen emblemas galorromanos y celtas, conciben el mañana como un Sendero Luminoso, se acogen al patrocinio bicéfalo de Nuestra Señora y su invicto defensor Charles Martel. Al amparo de su apariencia inocua —gafas, sombrero e impermeable—, nuestro egoísta y ensimismado personaje escucha inpertérrito sus proyectos de higiene y saneamiento, balanceándose en las alturas nebulosas del kif. La rutinaria consulta al horóscopo de la semana le ha llenado de tristes presagios: una infausta conjunción de astros anuncia un período sombrío para los capricornios, erizado de trampas, peligros. Aunque un tanto dudoso de los pronósticos, resolverá no obstante curarse en salud. El trayecto en metro a Barbès es distraído y corto: con su recién renovada Carte Orange, se dirigirá al antiguo prostíbulo de la Rue Polonceau confiando en la clarividencia y poderes del morabito.

L'SA MONAMMU

Gentío, apretones, correcorre de hormigas, sonambulismo colectivo, agorafobia ordinaria, soledad compartida, hostilidad difusa, frío, mucho frío, revoloteo de cifras, hecatombe industrial, penuria, colas, despidos, rapacidad bienpensante, esporádicos islotes de resistencia, terrorismo, posibles combates callejeros, un manifiesto vengador, amores clandestinos, decrepitud, frío, todavía más frío, levitación onírica, andenes de estación, emigración al más allá, lata de gasolina, encendedor, chispazo, antorcha delirante, negro sacrificado, mensaje inútil, indiferencia, egoísmo, cicatería, fuga adelante, abluciones, rezos, aseo del alma, fantasías librescas, una mujer, tu mujer, pasión imposible y correspondida, misterios de gozo y dolor, indagaciones, pesquisas, paseos erráticos, dudoso porvenir, culturas muertas, civilizaciones barridas, incertitud planetaria, angustia visceral, gesticulación desacorde, frío tenaz e insoportable, botellas arrojadas al mar, cartas sin remitente ni destinatario, exilio interior, estado de guerra, sirenas de alarma, un rapto, chantaje, carga explosiva, sentencia a plazo fijo, cuenta atrás, reloj de arena, disposiciones póstumas, recorrido espectral por el barrio, sorbo amarguísimo de café, calles desiertas, desbandada, éxodo, un hombre de aspecto hirsuto plantado en el centro de la plazuela con un telegrama sin abrir en la mano.

DEL BURGO A LA MEDINA

Más que sus pasadas visitas de corresponsal a los múltiples focos de tensión del mal denominado Tercer Mundo, la estadía prolongada en el Sentier ha inculcado en nuestro héroe las saludables virtudes del relativismo. Como el complejo, prodigioso microcosmos celular, su barrio abrevia el caos universal. Inmerso en su líquido protoplasmático, el escribano ha renunciado poco a poco a sus egocéntricas ínfulas. Su creencia infantil, tan petulante como ingenua, en un Hacedor personalmente interesado por cada uno de sus actos, palabras y pensamientos, en un orbe compuesto de billones de galaxias destinado a ilustrar sus nocturnas vivencias metafísicas, se había metamorfoseado más tarde en otra certeza no menos ridícula y presuntuosa: el valor central, ecuménico de esa sublime y grotesca península del extremo suroeste de Europa que presenta en los mapas la desgarbada forma de un pellejo de capra hispánica puesto a secar bocabajo con el morro tendido hacia la costa africana. Pero el Gran Bang no empezó, como suponía, en el vetusto chalé romántico de la Bonanova donde le parió su madre: la diminuta esfera terrestre en que gira alrededor de un astro local y a la postre insignificante no merece desde luego ninguna atención particular ni trato privilegiado; su país, el país del que, como decenas de millares de coterráneos, había escapado un cuarto de siglo antes tampoco es la viga maestra ni el ombligo de la Creación.

Si cada individuo tiene un valor igual a otro, cualquier rincón del mundo, incluso el más triste y desamparado, merece la misma solicitud e importancia que ordinariamente concedemos al propio. En su trayecto de un núcleo burgués, monocolor y homogéneo a otro popular, mestizo y abigarrado, de la Bonanova a la Bonne Nouvelle, el antiguo patriota ha perdido una tras otra las plumas brillantes de su penacho. El apego exclusivo y simplista de la mayoría a las peculiaridades y características del paisaje, cultura e idiosincrasia de una partícula ínfima de nuestro microbio flotante le llena ahora de confusión y estupor: ¿por qué Croacia y no Gales? ¿Por qué Córcega y no Euzkadi? ¿Por qué Rutenia y no Uzbekistán? Cuando, reunido en tertulia con sus compatriotas de pasodoble y montera, discutía apasionadamente de la cercana y siempre elusiva muerte del dictador, no había advertido aún que en los rincones apartados del local grupos de muy diverso origen debatían en términos quizás idénticos el posible infarto o cáncer pancreático de algún otro Combatiente Supremo, Timonel o Benefactor: ¡por muy increíble que ello parezca a quienes tienen hoy el honor muy dudoso de conocerle, el hombre-erizo en el que nos ocupamos había perorado en las terrazas del Barrio Latino sobre las virtudes telúricas y castizas pero trascendentes y eternas del suelo natal!

El efímero, destronado pontífice de la Rive Gauche ha alcanzado una visión más justa y proporcionada de las cosas en la ósmosis plurirracial del Sentier. La porosidad y trasiego permanentes del vecindario han fragmentado su visión, descentralizado sus sentimientos. Ahora, si va al café-estanco cercano a Correos, estudia una a una, como un etnólogo, las diferentes peñas de exiliados catapultadas allí por razones políticas y económicas; lee la propaganda revolucionaria o independentista de beréberes, kurdos, armenios, eritreos, afganos, paquistaneses o turcos; traduce las inscripciones trazadas en los muros con brocha o soplete y las anota cuidadosamente en sus cuadernos. Mentalmente —y por una vez el orgullo nos cosquillea al escribirlo— establece paralelos y afinidades sutiles entre comunidades remotas y a primera vista incomparables: coteja a albaneses y calmucos, rutenios y catalanes. Su militancia es múltiple, tentacular, polimorfa: abarca el espacio geofísico y cultural; el pasado, presente y futuro; las tropelías e injusticias ya olvidadas de la Historia. La tragedia del pueblo oteka, exterminado hace nueve siglos, en medio de la indiferencia criminal del universo, le conmueve y subleva como si hubiera sucedido la víspera. En secreto —y esto no lo habíamos revelado hasta hoy absolutamente a nadie—, multiplica en su favor pintadas y llamamientos a la opinión pública. De acuerdo con otros miembros de sectas y agrupaciones inclasificables, prepara asimismo acciones de envergadura y, en los ratos que le dejan sus lucubraciones y cartas, ha comenzado incluso la redacción de un Manual de Guerrilla.

INSTRUCCIONES ELEMENTALES PARA LA CREACIÓN DE UN FOCO INSURRECCIONAL

Por encima de todo: pasar inadvertido. Mudar camaleónicamente de piel, adaptarse a los colores y matices del barrio. Crear poco a poco las condiciones que aseguren tu invisibilidad y te permitan actuar en un clima propicio.

Vestirás en consecuencia de modo gris y convencional, sin elegancia pero sin desaliño: impermeable verdoso u ocre, sombrero de cuadros, gafas discretamente ahumadas. Llevarás, si es necesario, una cartera de ejecutivo, no sólo útil para el transporte de

171

propaganda sino también para facilitar la coartada de un trabajo pantalla que encubra tu verdadera función. Tu calzado será ligero y flexible, con suelas de goma silenciosas, aptas para emprender veloz carrera en caso de persecución o peligro.

Serás siempre amable con tus vecinos pero los mantendrás a distancia. Procura que te vean salir a horas regulares, como si fueras a tu empleo u oficina. Si te cruzas con ellos en el mercado o la calle, salúdales y finge un interés real por sus problemas familiares. Si vives solo, invéntate una esposa tranquila y hogareña, consagrada enteramente a sus labores domésticas y ocupaciones femeninas.

Da muestras de humanidad, dulzura y benevolencia: manifiesta cariño y simpatía por los animales, asómate de vez en cuando a los jardines públicos y juega con los chiquillos. Charla pacientemente con sus madres, imita la sonrisa inefable de los querubines tallados en los retablos. No temas pasar por pobre de espíritu, adopta un aire risueño y bobo: encandila por ejemplo a las criaturas dejando correr sobre la manga de tu gabardina un inofensivo ratoncillo adiestrado.

Tus citas se realizarán siempre a la vista de todos: ningún lugar mejor que el espacio público para disimular y proteger tus actividades. Elige un café muy concurrido o, mejor aún, uno de los asientos centrales de un cine porno y, mientras los espectadores contemplan absortos el primer plano de una verga rosa y cabezuda tanteando las orillas de una vulva insaciable, murmura la contraseña al oído de tu vecino —«¿Es usted también forofo de Julio Iglesias?»— y una vez asegurado por su respuesta —«Su voz melodiosa me llega al alma»— de que es tu genuino contacto, intercambiaréis silenciosamente vuestras carteras y abandonaréis la sala por separado.

Traza tus consignas de noche con soplete o pintura: ISÇININ SESI, صوت العرب y otras frases sibilinas y enigmáticas destinadas a sembrar la inquietud. A fin de alimentar una estrategia de tensión y mantener viva la combatividad de los componentes de tu propio bando, difundirás también, en secreto, la propaganda contraria: la de esos comandos de Charles Martel, resueltos a atajar con las armas la taimada invasión de grupos alógenos que amenaza la homogeneidad y tradiciones castizas del vecindario.

Tus atentados deberán parecer fortuitos y absurdos: la víctima será seleccionada en virtud de una serie de circunstancias e imponderables, cuyo análisis escapará a la detección de los cerebros y sabuesos de la policía. Verbigracia, esa señora de mofletes pintados que aguarda la llegada del metro al borde del andén y, al volver la cabeza hacia ti, exhibe sin ninguna clase de pudor una odiosa y repugnante verruga.

La multiplicación de catástrofes de todo tipo en la última década —terrorismo, matanzas, envenenamientos masivos, desastres ecológicos, emergencia de nuevas y mortíferas formas de contaminación, etc.— ha creado, como ustedes saben, un clima general de pesimismo y desasosiego singularmente propicio al desarrollo de nuestros instintos más primitivos y una vertiginosa proliferación de actos delictivos contra las personas y la propiedad.

Ante la descorazonadora inutilidad de los poderes públicos y manifiesta obsolescencia de los medios de protección clásicos —puertas blindadas, puños americanos, timbres de alarma, revólveres, esprais—, hemos llegado a la conclusión de que se impone un salto cualitativo en el campo de la autodefensa familiar e individual: la fabricación de pequeñas armas destructivas de alcance limitado, capaces de eliminar sin dolor, en unos segundos, a su eventual agresor. Les bastará apuntar con su láser portátil al merodeador furtivo o malcarado individuo de apariencia inquietante para que la luz amplificada por la emisión estimulada de la radiación instantáneamente le fulmine sin contribuir con ello, y eso es lo más novedoso y revolucionario, al lamentable deterioro ambiental. El miniláser próximamente en venta en todos los centros gubernativos y comisarías previa exhibición de sus documentos y certificados fiscales, mientras afecta a los órganos vitales del sujeto irradiado, respetará escrupulosamente las normas vigentes en materia de salud pública: personal, cómodo, manejable, humano, su simple posesión aliviará sin duda su estrés, descargándoles del peso insoportable de una sicosis de pánico, fruto conjugado del paro, recesión económica, crisis e inseguridad.

¡RAPTADO POR LOS MARICAS ROJOS!

Habían golpeado con los nudillos, imitando la voz mohína y un tanto aflautada de Katie, preguntaban por ese señor tan bueno de las fotografías, y aunque no divisabas a nadie en el campo de la mirilla, el taconeo de unos pies ligeros en el parqué y las risitas de las supuestas amigas del Reverendo habían disipado tus naturales sospechas, desarmado tu desconfianza y cautela. Olvidando las normas de todo luchador avezado a la problemática de la guerrilla urbana y conocedor del abecé de la actividad clandestina, descorriste el cerrojo de la puerta y, peor todavía, asomaste temerariamente la cabeza en busca de las chiquitas: el tiempo suficiente para que la criatura oculta a tu izquierda te inmovilizara con una experta llave de karateka mientras la otra rociaba tu cara con un miniláser que, aun sin afectar a los centros vitales, iba a dejarte grogui por espacio de unos minutos. Cuando conseguiste al fin abrir los ojos e intentaste exprimir una gota de zumo —una simple

175

composición de lugar— de tu cerebro acorchado, estabas tendido en el sofá-cama de tu estudio, desnudo de cintura para arriba, con una especie de marcapasos o dispositivo mecánico estrechamente pegado a la piel, con vendas y esparadrapos, a la altura de las costillas. Tus dos raptores habían puesto la habitación patas arriba y parecían absortos en el estudio del contenido de tus carpetas: cartas, recortes, fotografías, escritos, eran cuidadosamente espulgados en medio de risas y exclamaciones. Amodorrado, impotente, asistías al saqueo implacable de tu hemeroteca, a la ruina de tu abnegada labor de amanuense y recopilador. Los materiales pasados por su criba yacían desperdigados por el suelo mientras la mili-tante histérica, lacaniana y teñida que parecía la jefa emitía dictámenes sicoanalíticos con voz atiplada y daba instrucciones a su secuaz, una discípula con todo el aspecto de una prima fea y tonta venida de provincias, que repetía las palabras de la otra como un periquito, enriqueciéndolas con un fuerte acento catalán. No sabías cuánto había durado la ocupación ni si el resultado del registro satisfacía a las secuestradoras: durante el lapso que habían permanecido contigo no habíais cruzado una sola palabra. Concluida la revisión de tu archivo, habían ido al lavabo a componerse y acicalarse, ponerse perfume o agua de colonia, lavar sus partes íntimas en el bidé. Habían dejado junto a ti un impreso con sus advertencias e instrucciones: debías moverte con precaución para evitar la explosión de la carga adherida al pecho, impedir cualquier manipulación de la misma,

176

aprovechar las veinticuatro horas que te concedían para redactar tu autocrítica, la historia completa de tus vicios e inclinaciones reales, tus fantasías y debilidades, tus peccata minuta; todo, rigurosamente todo, había de ser consignado en el papel: cualquier tentativa de falseamiento estaba condenada al fracaso. Intentar mentir una vez más, recurrir a identificaciones ficticias y dar al lector zeta por erre —en una palabra, admitir la verdad de los telegrafistas a fin de ocultar mejor la de los carteros— sería tan vano como acudir a la comisaría de policía para que desactivaran la carga explosiva unida al mecanismo cuenta atrás del reloj: sólo el maestro artificiero de los Maricas Rojos conocía el secreto. Tu porvenir y tu vida estaban pues en tus propias manos: dependían únicamente de la sinceridad de tu confesión.

REVELACIONES A GRANEL

Cuidado, lector: el narrador no es fiable. Bajo una apariencia desgarrada de franqueza y honradez —mientras multiplica los mea culpa y cargos contra sí mismo— no deja de engañarte un instante. Su estrategia defensiva, destinada a envolverte en una nube de tinta, multiplica las presuntas confesiones para ocultar lo esencial. Si a veces se muestra sincero, lo hace porque es un mentiroso desesperado. Cada revelación sobre su vida es una invención derrotada: fuga adelante o política de tierra quemada, acumula a tu paso asechanzas y ruinas con la esperanza ilusoria de impedirte avanzar.

Su insistencia en confundirse con el Reverendo podría ser muy bien —mucho nos tememos— una habilidosa estratagema para distraernos y llevarnos de la mano adonde astutamente nos quiere llevar; su amor a Agnès, Katie, Ida, Magdalen o las gemelitas, un simple artilugio literario, producto de su adquisición casual, en una librería de lance del barrio, de un álbum con las fotos y cartas de Lewis Carrol a sus coquetas y risueñas amigas.

Su manía de pasear por los distritos y zonas frecuentados por inmigrados, su afición a seguir con el rabillo del ojo el tráfago y movimiento de norteafricanos, paquistaneses o turcos, su interés en descifrar pintadas trazadas en las paredes e inmuebles del Sentier, su pasmo grotesco ante los mozallones morenos que dan el callo en las siempre renovadas y misteriosas zanjas de obras públicas, su inquietante lectura de los místicos sufís y desaforado amor a las danzas derviches deberían haberte puesto la garrapata en la oreja: estos y otros muchos puntos oscuros e incomprensibles tendrían que ser satisfactoriamente resueltos y confiamos en que, en el trance apurado en que se encuentra, los resolverá de una vez, si no por apego a la verdad, al menos para salvar el pellejo.

Interrogar a su enclaustrada mujer no nos aportaría ninguna ayuda, no por retraimiento o mala voluntad de ésta sino por la sencilla razón de que la esposa escamoteada por el narrador es un personaje ficticio: obligado a ocultarla para mantener la verosimilitud del relato, la supuesta víctima ha extendido poco a poco su sombra sobre él hasta ofuscarlo. La secuestrada de la Rue Poissonnière es pura leyenda. La mujer que ha compartido la vida con él no ha sido jamás una prisionera: tal vez le quiere aún pese a su misantropía, inveterado egoísmo y carácter excéntrico; tal vez le abandonó hace muchos años por un popular autor latinoamericano que acumula fabulosos royaltis de ocho cifras gracias a su empleo mañoso de la receta narrativa del siglo: el realismo mágico.

Mientras escuchas el tictac del dispositivo adherido a tu pecho —ese nuevo y maldito corazón revelador que agota avariciosamente sus latidos como la aguja cuenta atrás de un parcómetro—, te esforzarás en aprovechar el tiempo de que aún dispones para responder punto por punto, con precisión, a las exigencias implacables de tus raptores.

ULTIMA PIRUETA DIALECTICA

Puesto en el brete de decir la verdad, sólo la verdad y nada más que la verdad en virtud de un contrato leonino cuyas cláusulas no puedo especificar ahora aunque de su estricto cumplimiento y resolución dependen mi vida e integridad, dirijo un

179

auténtico grito de angustia, una solicitud apremiante a los lectores de sexo masculino de estas páginas con la ardiente esperanza de obtener su ayuda e intervención.

Desengañado de mis anteriores y frustradas experiencias románticas, aspiro a ver realizado un fantasma escuetamente brutal y concreto: tendido en un potro de tortura del modelo empleado en las comisarías de la derrocada junta militar rutenia, un comando de tres militantes de los grupos de choque conmemorativos del genocidio oteka proceden, con severidad implacable, a mi castigo y sodomización. Mis violadores deberán vestir, obligatoriamente, su equipo de campaña compuesto de escafandra, careta, casco antibalas y botas de montar. Mientras absorbo vorazmente la crema de aguacate que mana a borbotones del gigantesco consolador del jefe, uno de sus adláteres me introducirá a palo seco una zanahoria bulbosa y protuberante —longitud mínima: 32 centímetros— y su colega me azotará las nalgas con ortigas —o, a falta de ellas, con un manojo de aulagas de Manosque. La escena será musicalmente acompañada de un coro infantil recitando con vocecillas chillonas «Sous le pont d'Avignon» para culminar, en el momento del éxtasis, con el tema arrebatador, obsesivo, del lied Beim Schlafengehen de Richard Strauss.

Anuncio muy serio y urgente: aguardaré con impaciencia, el día de su publicación, en el sótano del Musée Grévin, junto al maniquí de cera de Stalin, entre las 15 y 16 horas precisas. Tendré visiblemente entre las manos el anteproyecto de Constitución de la futura República Popular Socialista Oteka y te acercarás, os acercaréis, a preguntarme si estoy de acuerdo en el apartado tercero del artículo undécimo de su preámbulo. Cuando esto ocurra, podrás, podréis, disponer enteramente de mí.

SU VIDA ES SUEÑO

Nuestro desdichado héroe relee lo escrito y escucha indiferente los latidos de su corazón revelador. El texto que acaba de redactar no le satisface en absoluto; como advertirán sin duda sus celadores, se trata de una nueva y ociosa tergiversación. A medida que expone sus pensamientos y obsesiones se siente acuciado por la ineludible pregunta: ¿será él o yo quien se expresa? Su vocación de amanuense le ha llevado a asumir la paternidad de la copia e, insidiosamente, confundirse con el autor: las elucubraciones científico-grotescas sobre la humanidad futura, ¿son obra de su musa o de ese escritor huraño y a todas luces antipático que las divulgó en El País?; la dificultad de vivir, comunicar con los demás, adaptarse a las normas y actuar conforme al llamado sentido común, ¿es propia del narrador o corresponde simplemente al personaje? Víctima de este incesante acoso, nuestro héroe contempla la panorámica de tejados grises a través de la ventana de su estudio con expresión de perplejidad. Un repaso a las ciento setenta páginas de su manuscrito descubre la existencia de un ser fragmentado: ideas, sentimientos, líbido tiran por diferentes caminos, el desdichado cronista de su vida ha sido incapaz de aglutinarlos. Hojear su relato acuciado por la premura del tiempo es un lancinante ejercicio de irrealidad: al final, ya no sabe si es el remoto individuo que usurpa su nombre o ese goytisolo lo está creando a él. Los materiales dispersos en su mesa de trabajo le sumen en un mare mágnum de incertidumbres y, angustiado, abrirá uno de los cajoncillos superiores de aquélla y examinará la fotografía de su verdadera mujer.

A ELLA

Su extrañamiento artificioso de la narración, ¿correspondería de forma simbólica a un extrañamiento real de su propia vida?

El alejamiento físico de sus cuerpos, ¿no ha creado acaso otro nexo más hondo y sutil, no ha sido compensado al final con una serena y delicada armonía?

¿Por qué soy incapaz de plasmar en el papel mis verdaderos sentimientos, nuestra intacta, milagrosa relación, la emoción que indefectiblemente me embarga ante tu tristeza o sonrisa?

¿Qué mecanismo interior o censura síquica impiden incluir como quisiera tu presencia en el libro? ¿Hay zonas reservadas a la estricta intimidad que no es posible ventilar sin disipar al mismo tiempo su aroma secreto?

Mi caza obsesiva y afán de coleccionista de aventuras y cuerpos no han borrado tu imagen. Como hace veinte años, el lazo existente entre nosotros me parece todavía esencial, limpio y necesario frente a la rutina y mediocridad del presuntamente ordenado: monótono siempre, siempre trillado; reemplazable e inocuo, fruto de la suerte; regular, anodino y estéril; convenido, legal, siempre caduco.

REFLEXIONES YA INUTILES DE UN CONDENADO

Mi ideal literario: el derviche errante sufí.

Un hombre que rehúye la vanidad, desprecia las reglas y formas exteriores de conveniencia, no busca discípulos, no tolera alabanzas. Sus cualidades son recatadas y ocultas y, para velarlas y volverlas aún más secretas, se refocila en la práctica de lo despreciable e indigno: así, no sólo concita la reprobación de los suyos, sino que provoca su ostracismo y condena. Tras las máscaras y celajes de la escritura, la meta es el desdén: el rechazo orgulloso de la simpatía o admiración ajenas será el requisito indispensable a la alquimia interior operada bajo el disfraz de un crónica burlona y sarcástica, de los lances y aven-

183

turas de una autobiografía deliberadamente grotesca, de la minuciosa exposición de las ideas cliché de la época que configuran poco a poco el mapa universal de la idiotez.

LA PREDICCION DEL MORABITO

Mientras estás redactando penosamente estas notas bajo la acuciante presión del cuenta atrás, alguien ha introducido por la rendija inferior de la puerta de tu estudio un periódico al que no estás abonado. Al incorporarte por enésima vez del escritorio a limar todavía tus uñas, verificar la aparente serenidad de tu rostro en el espejo o descargar la vejiga en el lavabo, acabas de descubrirlo, doblado, sobre la vieja y cochambrosa moqueta. Como el título te resulta desconocido e ignoras incluso en qué lengua está escrito, tu primera reacción será echarlo sin más a la papelera: con las horas contadas, la idea de averiguar su misterioso idioma te parece un desatino. Con todo, una paulatina e irresistible curiosidad te gana. La noticia encuadrada con lápiz rojo al pie de la tercera página contiene quizás una revelación importante, tal vez un mensaje en clave expresamente destinado para ti. Aunque la empresa de desentrañarla y traducirla te obliga a perder un tiempo precioso, decidirás sin embargo tentar la suerte. Con ayuda de los diccionarios sepultados

184

bajo tus carpetas, procederás a reducir por eliminación el número de idiomas posibles antes de centrar tu ansiosa busca en el grupo uralo-altaico que, enriquecido con diversos aportes eslavos, mongoles, sánscritos, árabes y persas, se extiende de los confines de Rutenia a las vastas zonas montañosas y esteparias asiáticas en donde, según las fuentes y crónicas históricas más fidedignas, se asentaba hace siglos la floreciente comunidad oteka. La tarea de reconocer sustantivos, verbos, pronombres, artículos, preposiciones, adjetivos o adverbios es ardua pero exaltante. Como un crucigramista profesional, empezarás por rellenar las casillas obvias y fáciles, para reconstruir a continuación con ellas los fragmentos todavía en blanco. A fin de impedir que se adueñe de ti el desánimo, ocultarás el reloj en uno de los cajoncillos superiores de tu mesa. Cada victoria o hilera de cuadrículas completa te procura una emoción indescriptible, de intensidad solamente comparable al puro hallazgo poético. Mientras el gozo creador acumula versos enteros, imágenes justas y súbitas, deslumbrantes metáforas olvidarás el conminatorio dispositivo adherido al pecho y su prórroga avariciosa y precaria. Pero el palimpsesto o negativo a medio revelar que emerge poco a poco de tus tenaces y afanosas calas no será ningún poema de Yalaluddin Rumi a su amigo y maestro derviche: es una emigración al más allá, según reza el titular de la nota encuadrada. Alguien, un individuo de color conforme al anónimo autor de la misma, se ha inmolado en medio del horror y estupefacción de los viajeros con-

gregados en el vestíbulo de la Gare du Nord en las
horas de punta: ha sacado de pronto una lata de gasolina, se ha rociado con ella el cuerpo, ha provocado el chispazo, ha corrido por los andenes transformado en antorcha. Se desconoce la identidad de
la víctima y las causas posibles de su gesto macabro:
la policía se limita a declarar que carece de momento
de pistas aunque investiga en los medios de la nume-
rosa colonia africana. A raíz del incidente, el tráfico
fue interrumpido por unos minutos con el natural
descontento de los usuarios que, concluido el trabajo agotador de la jornada, se apiñan en los muelles
en espera de los trenes que deben llevarlos a sus
domicilios de las afueras de la capital. Hubo instantes de gran excitación y nerviosismo durante los cuales fueron proferidos gritos contra el desdichado causante de la perturbación y sus compatriotas inmigrados. Media hora después del inexplicable suceso, la
estación presentaba de nuevo un aspecto de entera
normalidad.

PAISAJES DESPUES DE LA BATALLA

El barrio ofrece un aire desolado: la huelga general indefinida de los obreros clandestinos de la confección, sus manifestaciones violentas para obtener
la regularización de sus documentos de trabajo, los
conatos de incendio de los grupos autónomos antica-

pitalistas, los choques cada vez más frecuentes entre comandos de protesta contra el genocidio del pueblo oteka y brigadas de autodefensa de las milicias patrióticas de Charles Martel han provocado el cierre masivo de los comercios y la supresión casi completa del tráfico. Automóviles volcados e incendiados por militantes de facciones rivales, detritos acumulados en las aceras desiertas, barricadas improvisadas con adoquines, troncos de árboles, bancos de madera y carrocerías chamuscadas de la esquina del Rex evocan escenas de insurrección y pillaje, de encarnizada resistencia a una brutal invasión enemiga. Los habitantes se han atrincherado en sus casas y se protegen de los cócteles molotov o impactos de bala con los postigos y persianas corridos. La guerra de consignas opuestas trazadas en las paredes ha alcanzado su paroxismo: las pintadas se suceden sobre fachadas, portales y cierres metálicos sin perdonar ni un centímetro. Los mensajes políticos que transmiten conforman un verdadero babel lingüístico y advertirás en seguida la emergencia de áreas idiomáticas de aleatoria y difícil clasificación. Su escritura se limita a un conjunto de signos y figuras próximos unas veces a los jeroglíficos egipcios y otras a los ideogramas silábicos de las extintas civilizaciones de Mesopotamia. Aunque el plazo apremia y los granillos de arena escurren sin tregua de un compartimento a otro del reloj, no resistirás a la tentación de detenerte, anotarlos cuidadosamente en tu cuaderno y, sentado en el guardabarros de un vehículo destrozado, procurar descifrar su enigmática significación.

Una pasión voraz de aprender, de asimiliar los símbolos, creencias, lenguaje de comunidades remotas y aun desaparecidas absorbe por completo tu atención y energías. Desearías compilar, si dispusieras de tiempo, la totalidad de la memoria y conocimiento humanos desde el instante grandioso en que el cuadrúpedo se alzó sobre sus extremidades traseras hasta el momento en que, con la minutera pegada a tu pecho a la altura del corazón, te entregas a una vertiginosa y ya vana labor de linguista. Quisieras abarcar en un lapso brevísimo la increíble variedad de credos, cultos, ceremoniales, costumbres, valores, ideas, sentimientos, obsesiones de los hombres y mujeres que te han precedido y te seguirán: entrar en su fuero interno y morada vital, comprender sus aspiraciones y anhelos, comulgar con su fe, sentir sus tristezas y alegrías; componer un libro abierto al conjunto de sus voces y experiencias, construido como un rompecabezas que sólo un lector paciente, con gustos de aventurero y etnólogo, sería capaz de armar. Acomodado en la carrocería maltrecha del automóvil, llenarás página a página tu sobado cuaderno de signos cabalísticos hasta llegar al final. Cuanto has transcrito reproduce únicamente las pintadas que divisas desde tu asiento y lamentarás carecer de medios y de tiempo para proseguir tu labor. Cerca de ti, escurriéndose entre los residuos aún humeantes de los incendios y las barricadas solitarias, desfilan individuos de origen incierto, con brazaletes y emblemas de imposible identificación. Observarás que algunos comunican entre sí con ademanes y ges-

tos en su alfabeto próximo al de los sordomudos;
otros, se sirven de esa especie de taquigrafía sonora,
hecha de breves o largas modulaciones agudas, que
los indígenas guanches usaban quizá desde antes de
la llegada de los conquistadores y que, a fin de liqui-
dar de una vez para siempre las viejas y absurdas
querellas lingüísticas de tus compatriotas, debería
ser proclamada solemnemente el idioma oficial de la
fatídica e incorregible Península: el silbo gomero. Al
cabo de unos minutos de audición, harás como ellos
y, con los dedos en la boca, emitirás prolongados y
melodiosos silbidos mientras, en medio de la colosal
hecatombe, avanzas por el bulevar devastado y cubierto de residuos junto a edificios desdentados y
tuertos, bostezos cavernosos de muros agujereados,
pilas de neumáticos misteriosamente preservados de
las llamas, montones apestosos de basura, objetos
arrojados en plena huida, vestigio indudable del aje-
treado saqueo. El arco monumental a Ludovico Mag-
no cabalga a horcajadas un espacio asolado en el
que, a juzgar por los boquetes abiertos en el asfalto,
ha debido desarrollarse la acción principal: uniformes y estandartes caídos de los comandos secretos
conmemorativos del genocidio oteka se mezclan en
el polvo y ceniza con las banderas, medallas y escudos de los sectarios y cruzados de Charles Martel.
Las hogueras que han socarrado las enormes pintadas de los inmuebles parecen haber respetado en
cambio las modestas inscripciones y dibujos garabateados junto al ángulo de la Rue Saint Denis: KA-
TIE, TE AMO; el corazón sangrante atravesado por

una flecha y los nombres enlazados de Charles y Magdalen; EL REVERENDO OS ESPERA EN EL JARDIN; el poema en acróstico a las gemelitas. Los defensores de la limpieza y homogeneidad del barrio han aprovechado el pánico y confusión reinantes para señalar con estrellas de David los armazones metálicos de los almacenes y tiendas judíos. La Rue d'Aboukir es una vasta perspectiva de aceras vacías, puertas atrancadas, edificios desiertos. Algunos balcones lucen todavía pancartas indicativas de una ocupación de los talleres de prêt-à-porter por parte del personal indocumentado; otros, exhiben crespones negros o anuncian el cierre definitivo del establecimiento por causa de defunción. A lo largo de tu melancólico y pausado trayecto toparás con entierros de diferentes ritos: los féretros son transportados a hombros por una pequeña comitiva de parientes y escucharás, amortiguados por la distancia, los lloros y lamentaciones del mujerío. Una flauta delicada y sutil, de iniciación a la sama, preludia en sordina la voz dulce y difusa de un derviche sufí. En el cruce de la Rue Saint Foy, un túmulo improvisado, coronado de flores, señala el lugar donde un transeúnte perdió recientemente la vida. Atasco automovilístico, barahúnda incesante, operaciones de carga y descarga de la Place du Caire han cedido paso a un silencio denso y amenazante, interrumpido a trechos por el retumbo de una caja de cartón sacudida por ráfagas de viento bruscas y espaciadas. Los paquistaneses y bangladesís ordinariamente agrupados en el burladero central han huido con los amos de los comercios que les explotaban. Ahora, sólo distinguirás a un individuo moreno, de aspecto demacrado e hirsuto, que parece aguardar una improbable llamada del más allá junto a la cabina transparente de teléfonos: le reconocerás a la primera ojeada y avanzarás hacia él con paso resuelto, adivinando, antes de que tenga tiempo de esbozarlo, su ya previsto ademán de tenderte un sobre rectangular azul en el que figura el texto del telegrama.

DE ENTREGA INMEDIATA A QUIEN CORRESPONDA

Reverendo descubierto stop. Millones ratoncitos blancos invadido ciudad stop. Pintadas incomprensibles sustitución general letreros caracteres extraños stop. Diáspora insectil servicios transporte interrumpidos escenas linchamiento y pillaje stop. Transmitir mensaje último espécimen comunidad oteka reconocible sombrero impermeable gafas ahumadas stop. Verificar que lo abra y huir stop. Carga explosiva estallará al instante.

desmembrado y hecho trizas como tu propio relato
alcanzas al fin el don de la ubicuidad te dispersas de
país en país de ciudad en ciudad de barrio en barrio:
estás a la vez en los disturbios saqueos enfrentamien-
tos de Brixton y Notting Hill junto a hindús y paquistaneses insurrectos: en el devastado fantasmal South
Bronx de Young Lords y Black Panthers con boricuas y africanos drogados: en el Kreuzberg turcober-
linés y su onírico paisaje de inmuebles abiertos al
vacío y sombras fugitivas de apariencia sonámbula:
la metrópolis futura la encuentras aquí: ruinas vestigios escombros de una próspera civilización arrasa-
da: portal ennegrecido de difunta estación vías de
ferrocarril invadidas por la maleza bosques improvi-
sados sobre viejas arterias espacios verdes borrán-
dolo todo: macizas embajadas de aspecto selvático
bunkers tapizados de hiedra rieles de tranvía perdidos en la arena viejo puerto fluvial transformado en
jardín
el tiempo ya no apremia su tiranía ha cesado: puedes
callejear escribir extraviarte en el doble espacio de la
cives y el libro inventar trayectos laberínticos deso-
rientar desorientarte: esparcir la materia narrada al
azar de sorpresas e imponderables por toda la rosa
de los vientos: textos-vilano a merced del aire vehículos de leve polinación: las urbes-medina en que te
has doctorado errando por ellas tal perro sin dueño
se cifran ahora en un ámbito único: cementerio cai-

rota de los mamelucos miserable y soberbia Ciudad de los Muertos: al pie de la escarpa lunar de un desierto de piedra y mezquitas de la Ciudadela con alminares en forma de candelabro: como millares de espectros ambulantes acomodados ya en vida a sus sepulturas: parejas solitarios familias hervidero infantil ropa puesta a secar irrisorios hornillos de carbón o de gas números rótulos zigzagueo entre tumbas: vivir soñar comer defecar copular en la tibieza del claustro materno: contemplar desde túmulo o fosa la brillante farándula de ruiseñores congregada en la Opera: cogidos de la mano haciendo reverencias y pasos de baile robándose luz frente a las cámaras saludando alborozadamente al público: reír reírte de ellos: escribir escribirme: tú yo mi texto el libro

yo: el escritor

yo: lo escrito

    lección sobre cosas territorios e Historia

    fábula sin ninguna moralidad

    simple geografía del exilio

EL ORDEN DE LOS FACTORES
NO ALTERA EL PRODUCTO

Por favor, nada de «experimentación», «sintagma verbal», «niveles de lectura», «propósito lúdico». Digamos sencillamente como los matemáticos que el orden de los factores no altera el producto.

Sentado a su mesa de trabajo, con la vista perdida en la perspectiva de tejados abuhardillados, chimeneas, antenas de televisión, cúpula verde mazapán de la Opera, cielo descolorido y anémico nuestro héroe podría escribir por ejemplo

«Busco chiquita impúber cándidamente perversa para darme de vez en cuando en las nalgas, cambiar mis pañales mojados, ponerme talco en el trasero»

o

«Adelantándose a los desastres y agresiones radioactivas que se aproximan, resguárdese y resguarde a su familia con nuestro gracioso y sensacional modelo de sombrilla nuclear»

o aún

«Después de varios siglos de cómplice y cobarde silencio sobre el genocidio del pueblo oteka, exterminado por las hordas tártaras, con la connivencia del Celeste Imperio y otras potencias asiáticas, hemos decidido pasar a la acción.»

Pero, tras dar un paseíto al baño a acariciarse los cañones de la barba ante el espejo, apretarse una espinilla en la aleta de la nariz, limarse las uñas y descargar la vejiga en el lavabo, volverá a la leonera en donde redacta sus cartas obscenas y extravagancias científicas y provocará con aleve, despiadada sonrisa la inicial y monstruosa «Hecatombe» sustituyendo la grafía normal de los anuncios y rótulos de su barrio con caracteres remotos e incomprensibles.

INDICE

Se terminó de imprimir en el mes de octubre de 1982 en los talleres de Litográfica Cultural, Isabel la Católica 922, C.P. 03410, México, D. F.